絕對合格 機能分類

考試分數大躍進
累積實力
百萬考生見證
應考秘訣
5
根據日本國際交流基金考試相關概要

日檢文法
寶石題庫

吉松由美・田中陽子・千田晴夫・
大山和佳子・山田社日檢題庫小組 ◎合著

N5

山田社

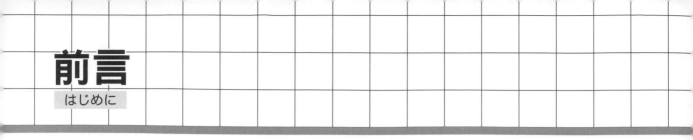

前言
はじめに

讓挑戰題變成得分題，
本書用，機能分類，打鐵趁熱，回想練習，
讓您記得快又牢！

★ 快又牢 1：「機能分類，文法速記 No1」★

配合 N5 內容要求，類別包羅萬象，學習零疏漏，速記 No1！

★ 快又牢 2：「一次弄懂相近文法，機能分類記憶法」★

由一個機能，衍伸出好幾個相關的文法，比較彼此的關聯性及差異性，同時記住一整串。

★ 快又牢 3：「想像使用場合，史上最聰明學習法」★

針對新制重視「活用在交流上」，從「文法→機能串連」，學習什麼話題，用什麼文型，什麼時候使用，效果最驚人！

★ 快又牢 4：「活用中學習，從生活例句學單字」★

以同級詞彙撰寫生活例句，學文法順便補充單字量，單字不死背，日檢技能全方位！

★ 快又牢 5：「打鐵趁熱，回想練習記憶法」★

背完後，打鐵趁熱緊跟著「回想練習」，以「背誦→測驗」的學習步驟，讓文法快速植入腦中！

★ 快又牢 6：「查閱利器，50 音順金鑰索引」★

貼心設計 50 音順金鑰索引，隨查隨複習，發揮強大學習功能！

★ 快又牢 7：「利用光碟大量接觸例句，聽覺記憶法」★

新日檢強調能看更要能聽。利用光碟反覆聆聽，文法自然烙印腦海，再忙也不怕學不會！

本書七大特色：

◆ 機能分類 × 比較相近用法，考試強大後援團！

　　為了解決您老在陷阱選項中難以自拔的問題，本書完整收錄 N5 考試內容，並依時間、比較、希望、意志…等機能，把意思相同或相近的文法分類在一起。讓您對照、比較相近用法的差異及其關連，幫助您一次釐清所有文法，不再混淆。當不再受陷阱選項影響，正確答案立即浮現。

　　同時不論是考試，還是生活應用，遇到分類主題，立刻啟動連鎖記憶，喚醒整串相關文法。不管是常考、愛考、一直考的文法，各個都不怕。這樣為您累積豐厚實戰力，成為您考試的強大後援團。

◆ 關鍵字說明 × 道地生活例句，文法一點就通！

　　本書完整收錄日檢 N5 必考文法，並將文法說明內容精簡，再精簡！僅以關鍵字點出文法精髓，讓您以最少時間，抓住重點，刺激五感，製造聯想。再配合專業日籍老師撰寫生活化道地的例句，就是要您文法一點就通。這樣學習文法更自然，更能順著直覺迅速反應。讓您面對文法不再頭痛燒腦。

◆ 靠「句子」學同級單字，好處更多！

　　不要您再苦心背單字，本書讓您靠「句子」學單字。書中例句除了配合 N5 程度生活情境外，還精心使用同級單字。不僅如此，再加碼，又補充這些單字的相近詞，在同頁下方的單子補充欄裡。這樣，一方面讓您從活用中學習，加深記憶軌跡，另一方面「點→線」方式學習單字用法，有效率的增加單字量，可將單字量補好補滿！

◆ 學過文法立即測驗，讓挑戰題變成得分題！

　　每單元學過文法後，馬上在對頁精心設計該單元的文法選擇題及句子重組題。讓您在記憶猶新之下進行回想練習，邊學邊練，記憶自然深植腦海！而文法學習與題目練習，安排於同一跨頁的版型，方便您針對錯的題目歸納出不熟的是哪個部分，回去複習，這樣讓挑戰題變成得分題！

◆ 針對日檢題型，知己知彼，絕對合格！

　　日檢 N5 文法共有 3 大題，本書的題型主要針對第 1、2 大題，但也可以活用於第 3 大題。為了讓您在相近文法中選出正確答案，必須要清楚理解正確的用法及意義，並能辨識容易混淆的相近用法，同時還要有讀懂句意的閱讀能力。另外，句子重組則是訓練讀者掌握句子的結構，對於鍛鍊口說和寫作技巧也有莫大的幫助。本書將會幫助您大量且反覆的訓練這 4 項技能，日檢文法自然迎刃而解。

◆ 貼心 50 音排序索引，隨時化身萬用字典！

　　書末附上文法索引表。每當遇到不會的文法或是突然想要查找，本書就像字典一樣查詢精準，且由於文法皆以機能編排，讀者不但能根據所需從任意機能開始閱讀本書，查一個文法還能一併複習相似文法。當文法變得輕鬆好找，學習也就更加省時、省力！

◆ 聽日文標準發音，養成日文語感、加深記憶！

　　所有文法及例句皆由專業日籍教師配音，反覆聆聽便能將內容自然烙印於腦海，聽久了還能自然提升日文語感及聽力。不只日檢合格，還能聽得懂、說得出口！且每篇只需半分鐘，讓您利用早晨、通勤、睡前等黃金零碎時間，再忙也不怕學不會！

　　自學以及考前衝刺都適用，本書將會是您迅速合格的考試軍師。充分學習、練習、反覆加深記憶，並確實擊破學習盲點，從此將文法變成您的得高分利器！迎戰日檢，絕對合格！

目錄
もくじ

日檢文法機能分類

N5

寶石題庫

1 格助詞の使用（1）

／格助詞的使用（1）

◆ が

→ 接續方法：{名詞} ＋が

【對象】

(1) 雨の日には、傘がいります。
　　下雨天需要用到傘。

(2) 私は日本語がわかります。
　　我懂日語。

(3) 池には魚がたくさんいます。
　　池裡有許多魚。

【主語】

(1) 庭に花が咲いています。
　　庭院裡開著花。

◆ [目的語] ＋を

→ 接續方法：{名詞} ＋を

【目的】

(1) 窓を閉めます。
　　關上窗。

單字及補充

| 雨 雨，下雨，雨天　 | 風 風　 | 天気 天氣；晴天，好天氣　 | 空 天空，空中；天氣　 | 池（庭院中的）水池；池塘　 | プール【pool】游泳池　 | 魚 魚　 | 沢山 很多，大量；足夠，不再需要　 | 庭 庭院，院子，院落　 | 花 花　 | 花瓶 花瓶　 | 窓 窗戶　 | ピアノ【piano】鋼琴　 | ネクタイ【necktie】領帶　 | ハンカチ【handkerchief 之略】手帕　 | 締める 勒緊；繫著；關閉　 | テニス【tennis】網球

（2）ピアノを弾きます。
　　ひ
　　彈奏鋼琴。

（3）ネクタイをします。

　　繫上領帶

（4）私はテニスをします。
　　わたし
　　我要打網球。

練習

Ⅰ [a,b] の中から正しいものを選んで、○をつけなさい。
　　　　　　なか　　ただ　　　　　　えら

① 田中さんは日本語　（a. が　　b. を）　勉強しています。
　　たなか　　にほんご　　　　　　　　　　　　べんきょう

② 昨日、弟　（a. が　　b. を）　生まれました。
　　きのう　おとうと　　　　　　　う

③ 家を出る時は鍵　（a. に　　b. を）　かけてください。
　　いえ　で　とき　かぎ

④ 秋　（a. に　　b. が）　来ました。
　　あき　　　　　　　　　　き

⑤ 冷蔵庫にバター　（a. を　　b. が）　ありますよ。
　　れいぞうこ

Ⅱ 下の文を正しい文に並べ替えなさい。_____ に数字を書きなさい。
　　した　ぶん　ただ　　ぶん　なら　か　　　　　　　　　　すうじ　か

① 外は暑いですから、_____　_____　_____　_____。
　　そと　あつ

　　1. ましょう　　2. を　　3. 帽子　　4. かぶり
　　　　　　　　　　　　　　　　　ぼうし

② 弟は　_____　_____　_____　_____。
　　おとうと

　　1. 2杯　　2. 食べました　　3. を　　4. ラーメン
　　　　にはい　　　　た

文法一點通

　　這裡的「が」表示對象，也就是愛憎、優劣、巧拙、願望及能力等的對象，後面常接「好き（喜歡）、
いい（好）、ほしい（想要）」、「上手（擅長）」及「分かります（理解）」等詞；「目的語＋を＋他動詞」中
　　　　　　　　　　　　　　　じょうず　　　　　　わ
的「を」也表示對象，也就是他動詞的動作作用的對象。

2 格助詞の使用（2）
／格助詞的使用（2）

◆ [通過・移動]＋を＋自動詞

→ 接續方法：{名詞}＋を＋{自動詞}

【移動】────────────────

（1）子どもが道を歩いています。
こ　　　みち　ある
孩子走在路上。

（2）この広い道を走ります。
ひろ　みち　はし
在那條寬廣的道路奔馳。

【通過】────────────────

（1）彼女の家の前を通って学校へ行きます。
かのじょ　いえ　まえ　とお　　　がっこう　い
經過她家門前，到學校去。

◆ [離開點]＋を

→ 接續方法：{名詞}＋を

【起點】────────────────

（1）駅の東口を出ます。
えき　ひがしぐち　で
從車站的東門出來。

（2）息子が小学校を卒業しました。
むす こ　　しょうがっこう　そつぎょう
兒子從小學畢業了。

單字及補充

| 前（空間的）前，前面 | 後ろ 後面；背面，背地裡 | 向こう 前面，正對面；另一側；那邊 | 東
まえ　　　　　　　　　うし　　　　　　　　　　　　　　　む　　　　　　　　　　　　　　　　　　　　　　ひがし
東，東方，東邊 | 西 西，西邊，西方 | 南 南，南方，南邊 | 北 北，北方，北邊 | 入り口 入
　　　　　　　にし　　　　　　　　　みなみ　　　　　　　　きた　　　　　　　　　　　　　　　い　ぐち
口，門口 | 出口 出口 | 一（數）一；第一，最初；最好 | 二（數）二，兩個 | 三（數）三；三個；
　　　　でぐち　　　　いち　　　　　　　　　　　　　　　　　に　　　　　　　　　　　　さん
第三；三次 | 四・四（數）四；四個；四次（後接「時、時間」時，則唸「四」 | 五（數）五 | 六（數）
　　　　　　　よん　　　　　　　　　　　　　　　　じ　じかん　　　　　　　　　よ　　　　ご　　　　　　　ろく
六；六個 | 七・七（數）七；七個 | 八（數）八；八個 | 九・九（數）九；九個 | 十（數）十；
　　　　　しち　なな　　　　　　　　　はち　　　　　　　　　きゅう　く　　　　　　　　　　じゅう
第十

（3）次の駅で電車を降ります。
つぎ えき でんしゃ お
在下一站下電車。

◆ **から～まで、まで～から** ／ 1.（距離、時間）從…到…；2.（距離、時間）到…從…

→ 接續方法：{名詞} ＋から＋ {名詞} ＋まで、{名詞} ＋まで＋ {名詞} ＋から

【距離範圍】────────────────────

（1）駅から大学まで歩いて 15 分です。
えき だいがく ある じゅうご ふん
從車站走到大學是 15 分鐘。

（2）台湾まで、東京から飛行機で 4 時間くらいです。
タイワン とうきょう ひこうき よじかん
從東京搭飛機到台灣約需 4 個鐘頭。

【時間範圍】────────────────────

（1）9 時から 12 時まで出かけます。
く じ じゅうに じ で
我 9 點到 12 點要外出。

練習 ──────────────────────────────

Ⅰ [a,b] の中から正しいものを選んで、〇をつけなさい。
なか ただ えら

① 明日は森 （a. に　　b. を）　散歩します。
あした もり さんぽ

② 飛行機 （a. を　　b. へ）　降りてから、写真を撮りました。
ひ こう き お しゃしん と

③ この本の 10 ページ （a. たり　　b. から）　12 ページ （a. まで　　b. たり）　をコ
ほん じゅっ じゅうに
ピーします。

④ 授業中は席 （a. は　　b. を）　立たない。
じゅぎょうちゅう せき た

Ⅱ 下の文を正しい文に並べ替えなさい。_____ に数字を書きなさい。
した ぶん ただ ぶん なら か すう じ か

① _____ _____ _____ _____ 午後 5 時まで。昼休みは 1 時間です。
ご ご ご じ ひるやす いち じ かん

　　1. 午前 9 時　　2. は　　3. 仕事　　4. から
　　ごぜん く じ しごと

② その男 _____ _____ _____ _____ 歩いていった。
おとこ ある

　　1. は　　2. を　　3. 角　　4. 曲がって
　　　　　　　　　　かど　　ま

9

3 格助詞の使用（3）

／格助詞的使用（3）

◆ [到達點] ＋に　／到…、在…

→ 接續方法：｛名詞｝＋に

【到達點】

（1）ここに 座ってください。
　　　 すわ
　　　請坐這裡。

（2）東京駅に 着きました。
　　　とうきょうえき　　つ
　　　抵達東京車站了。

（3）このホテルに 泊まりたい。
　　　　　　　　 と
　　　我想住這家飯店。

◆ [目的] ＋に　／去…、到…

→ 接續方法：｛動詞ます形；する動詞詞幹｝＋に

【目的】

（1）台湾へ 旅行に 行きました。
　　　タイワン　りょこう　い
　　　我去了台灣旅行。

（2）郵便局へ 切手を 買いに 行きます。
　　　ゆうびんきょく　きって　か　い
　　　我要去郵局買郵票。

（3）フランスへ 絵の 勉強に 行きます。
　　　　　　　 え　べんきょう　い
　　　我要去法國學畫畫。

單字及補充

┃ここ 這裡；（表時間）最近，目前 ┃そこ 那兒，那邊 ┃あそこ 那邊，那裡 ┃どこ 何處，哪兒，哪裡 ┃座る 坐，跪座 ┃ホテル【hotel】（西式）飯店，旅館 ┃デパート【department store 之略】百貨公司 ┃郵便局 郵局 ┃切手 郵票 ┃貼る・張る 貼上，糊上，黏上 ┃家 自己的家裡（庭）；房屋 ┃春 春天，春季 ┃夏 夏天，夏季 ┃秋 秋天，秋季 ┃冬 冬天，冬季 ┃毎年・毎年 每年 ┃年 年；年紀

◆ [場所]へ／に [目的]に ／到…（做某事）

→ 接續方法：｛名詞｝＋へ（に）＋ ｛動詞ます形；する動詞詞幹｝＋に

【目的】────────────────────────────

(1) 花子のうちへ遊びに来ました。
　　はな こ　　　　　　あそ　　き
　　來花子家玩了。

(2) 京都へ桜を見に行きませんか。
　　きょう と　さくら　み　い
　　要不要去京都賞櫻呢？

(3) 毎年夏に家族でハワイへ旅行に行きます。
　　まいとしなつ　 か ぞく　　　　　　　りょこう　 い
　　每年夏天都會全家一起到夏威夷度假。

練習

I [a,b] の中から正しいものを選んで、○をつけなさい。
　　　なか　　ただ　　　　　　えら

① 電車が駅 （a. に　　b. が） 着きました。
　でんしゃ えき　　　　　　　　　　　つ

② 夏は北海道へ遊び （a. に　　b. へ） 行きます。
　なつ ほっかいどう あそ　　　　　　　　　　 い

③ アメリカへ絵の勉強 （a. で　　b. に） 行きます。
　　　　　　 え　べんきょう　　　　　　　　　 い

④ 休み時間にプールへ泳ぎ （a. へ　　b. に） 行きました。
　やす じ かん　　　　　　およ　　　　　　　　　　　 い

II 下の文を正しい文に並べ替えなさい。＿＿＿ に数字を書きなさい。
　　 した　ぶん　ただ　ぶん　なら　か　　　　　　　　すうじ　か

① 財布 ＿＿＿ ＿＿＿ ＿＿＿ ＿＿＿ 入れます。
　さい ふ

　　1. に　　2. を　　3. ポケット　　4. ズボンの

② 日曜日は友達と ＿＿＿ ＿＿＿ ＿＿＿ ＿＿＿ 行きます。
　にちよう び　ともだち　　　　　　　　　　　　　　　　　　　 い

　　1. に　　2. を　　3. 映画　　4. 見
　　　　　　　　　　　えい が　　　み

文法一點通

　　「に」表到達點，表示動作移動的到達點；「を」用法相反，表離開點，是表示動作的離開點，後面
常接「出ます（出去；出來）、降ります（下〔交通工具〕）」等動詞。
　　　　　で　　　　　　　　　　　お

4 格助詞の使用（４）

／格助詞的使用（４）

◆ [場所] ＋に ／1. 在…、有…；2. 在…嗎、有…嗎

→ 接續方法：｛名詞｝＋に

【場所】

(1) 私の両親は韓国にいます。
　　わたし　りょうしん　かんこく
　　我的父母都在韓國。

(2) 部屋にみんながいますか。
　　へ　や
　　大家在房間裡嗎？

(3) そこに駅があります。
　　　　　　えき
　　那裡有座車站。

◆ [場所・方向] へ／に ／往…、去…

→ 接續方法：｛名詞｝＋へ（に）

【方向】

(1) 駅を出て、左へ曲がります。
　　えき　で　　ひだり　ま
　　出了車站後，向左轉。

(2) 先週、大阪へ行きました。
　　せんしゅう　おおさか　い
　　我上週去了大阪。

單字及補充

| 両親 父母，雙親 | 兄弟 兄弟；兄弟姊妹；親如兄弟的人 | 家族 家人，家庭，親屬 | ご主人
りょうしん　　　　　　　　きょうだい　　　　　　　　　　　　　　　　　　　　　かぞく　　　　　　　　　　　　　　しゅじん
（稱呼對方的）您的先生，您的丈夫 | 奥さん 太太；尊夫人 | 居る（人或動物的存在）有，在；居
　　　　　　　　　　　　　　　　　　　　　　　　おく　　　　　　　　　　　　　　い
住在 | 在る 在，存在 | 有る 有，持有，具有 | 先週 上個星期，上週 | 今週 這個星期，本週
　　　　あ　　　　　　　　　　　あ　　　　　　　　　　　　せんしゅう　　　　　　　　　こんしゅう
| 来週 下星期 | 毎週 每個星期，每週，每個禮拜 | 先月 上個月 | 今月 這個月 | 来月 下個月
らいしゅう　　　　まいしゅう　　　　　　　　　　　　　　　　せんげつ　　　　　　　こんげつ　　　　　　　らいげつ
| 毎月・毎月 每個月 | 待つ 等候，等待；期待，指望 | 泳ぐ（人，魚等在水中）游泳；穿過，擠過
まいげつ　まいつき　　　　　　　ま　　　　　　　　　　　　　　　　およ

（3）先月、日本に（／へ）来ました。
せんげつ　　にほん　　　　　　　　き

我是上個月來到日本的。

◆ [場所] ＋で　／在…

→ 接続方法：{名詞} ＋で

【場所】────────────────────

（1）ここで待ちましょう。
ま

在這裡等一會兒吧。

（2）海で泳ぎます。
うみ　およ

在大海游泳。

（3）北海道でスキーをしました。
ほっかいどう

在北海道滑了雪。

練習

I [a,b] の中から正しいものを選んで、○をつけなさい。
なか　　　　ただ　　　　　　えら

① 机の下　（a. で　　b. に）　犬がいます。
つくえ　した　　　　　　　　　　　　　いぬ

② 夏休みは、国　（a. を　　b. に）　帰ります。
なつやす　　くに　　　　　　　　　　　　　かえ

③ タクシーで映画館　（a. へ　　b. を）　行きました。
えいがかん　　　　　　　　　　　　い

④ 今はホテル　（a. で　　b. に）　働いています。
いま　　　　　　　　　　　　　　　　　はたら

II 下の文を正しい文に並べ替えなさい。＿＿＿＿に数字を書きなさい。
した　ぶん　ただ　ぶん　なら　か　　　　　　　　　　　　すうじ　か

① 車　＿＿＿＿　＿＿＿＿　＿＿＿＿　＿＿＿＿　2匹遊んでいます。
くるま　　　　　　　　　　　　　　　　　　　　　　　　　　　に ひきあそ

1. 犬　　2. で　　3. の上　　4. が
いぬ　　　　　　　　　うえ

② 私の　＿＿＿＿　＿＿＿＿　＿＿＿＿　＿＿＿＿　います。
わたし

1. は　　2. に　　3. アメリカ　　4. 兄
あに

5 格助詞の使用（5）
／格助詞的使用（5）

◆ [起點（人）] から ／從…、由…

→ 接續方法：{名詞} ＋から

【起點】

(1) 友達から面白いメールをもらいました。
友人寄了封妙趣橫生的郵件給我。

(2) 父から時計をもらいました。
父親給了我一只時鐘。

(3) 両親からお金を借りた。
我跟父母借了筆錢。

◆ [對象（人）] ＋に ／給…、跟…

→ 接續方法：{名詞} ＋に

【對象－人】

(1) 先生に質問します。
向老師提問。

(2) 弟に辞書を貸します。
把字典借給弟弟。

(3) 好きな人に会いたいです。
我想跟喜歡的人見面。

單字及補充

┃友達 朋友，友人 ┃外国人 外國人 ┃面白い 好玩；有趣，新奇；可笑的 ┃つまらない 無趣，沒意思；無意義 ┃時計 鐘錶，手錶 ┃お金 錢，貨幣 ┃財布 錢包 ┃質問 提問，詢問 ┃辞書 字典，辭典 ┃字引 字典，辭典 ┃カレンダー【calendar】日曆；全年記事表 ┃掛ける 掛在（牆壁）；戴上（眼鏡）；捆上，打（電話） ┃週間 …週，…星期 ┃度 …次；…度（溫度，角度等單位） ┃水 水；冷水 ┃やる 做，進行；派遣；給予

◆ [對象（物・場所）] ＋に ／…到、對…、在…、給…

→ 接續方法：{名詞} ＋に

【對象－物・場所】

（1）荷物をここに置いてください。
請將行李放在這裡。

（2）壁にカレンダーを掛けます。
將日曆掛於牆上。

（3）１週間に１度、花に水をやります。
一週幫花澆一次水。

練習

Ⅰ [a,b] の中から正しいものを選んで、○をつけなさい。

① 友達 （a. に　　b. へ） 携帯番号を教えます。

② テーブル （a. で　　b. に） 料理を並べました。

③ 友達 （a. が　　b. から） CD を借ります。

④ この本は友達 （a. を　　b. に） 借りました。

Ⅱ 下の文を正しい文に並べ替えなさい。＿＿＿＿ に数字を書きなさい。

① 知らない人 ＿＿＿ ＿＿＿ ＿＿＿ きました。

　　1. から　　2. かかって　　3. 電話　　4. が

② 壁 ＿＿＿ ＿＿＿ ＿＿＿ ＿＿＿ を掛けます。

　　1. 動物　　2. に　　3. の　　4. 写真

文法一點通

　　「から」表示起點，前面接人，表示物品、信息等的起點（提供方或來源方），也就是動作的施予者；「を」表示離開點，後面接帶有離開或出發意思的動詞，表示離開某個具體的場所、交通工具、出發地點。

15

6 格助詞の使用（6）

◆ ［時間］＋に ／在…

→ 接續方法：｛時間詞｝ ＋に

【時間】

(1) 本屋は朝９時にあけます。
書店於早上９點開門。

(2) 10 月に日本へ行きます。
我 10 月要去日本。

(3) 私は３月に生まれました。
我是在３月出生的。

◆ ［時間］＋に＋［次數］ ／…之中、…內

→ 接續方法：｛時間詞｝ ＋に＋ ｛數量詞｝

【範圍內次數】

(1) １年に１度は海外旅行します。
一年至少會出國旅行一次。

(2) １週間に２回、プールに行きます。
每週去泳池游兩次。

(3) １日に５杯、コーヒーを飲みます。
一天喝５杯咖啡。

單字及補充

| 屋 房屋；…店，商店或工作人員 | 朝 早上，早晨；早上，午前 | 時 …時 | 月 …月 | 生まれる 出生；出現 | 死ぬ 死亡 | 回 …回，次數 | 一日 一天，終日；一整天；一號（唸做ついたち） | 杯・杯・杯 …杯 | 醤油 醬油 | 本・本・本（計算細長的物品）…支，…棵，…瓶，…條 | 円 日圓（日本的貨幣單位）；圓（形） | 一人 一人；一個人；單獨一個人 | 二人 兩個人，兩人 | 全部 全部，總共 | 大抵 大部分，差不多；（下接推量）多半；（接否定）一般 | 多分 大概，或許；恐怕

16

◆ [數量] ＋で＋ [數量] ／共…

→ 接續方法：{數量詞} ＋で＋ {數量詞}

【數量】

(1) この醤油は3本で６５０円です。
　　 しょうゆ　さんぼん　ろっぴゃくごじゅう えん
　　 這款醬油3瓶650圓。

(2) 一人で全部食べてしまいました。
　　 ひとり　ぜんぶ た
　　 獨自一人吃光了全部。

(3) この仕事は100人で1年かかりますよ。
　　 し ごと　ひゃく にん　いちねん
　　 這項工作要動用100人耗費整整一年才能完成喔！

練習

I [a,b] の中から正しいものを選んで、○をつけなさい。
　　 なか　　 ただ　　　　　　　　 えら

① おすしを3人 （a. で　　 b. を） ６０皿も食べました。
　　　　　 さんにん　　　　　　　　　　 ろくじゅう さら　た

② この花は3本 （a. で　　 b. は） 500円です。
　　 はな　さんぼん　　　　　　　　 ごひゃく えん

③ 彼女に1週間 （a. が　　 b. に） 3回電話をかけます。
　　 かのじょ　いっしゅうかん　　　　　　 さんかいでん わ

④ 日曜日 （a. に　　 b. で） 映画を見ました。
　　 にちよう び　　　　　　　　　 えい が　 み

II 下の文を正しい文に並べ替えなさい。＿＿＿＿ に数字を書きなさい。
　　 した ぶん　ただ　ぶん なら か　　　　　　　 すう じ か

① お薬を出します。＿＿＿＿ ＿＿＿＿ ＿＿＿＿ ＿＿＿＿ ください。
　　 くすり だ

　　 1. に　　 2. 1か月後　　 3. また　　 4. 来て
　　　　　　　　 いっ げつ ご　　　　　　　　　　 き

② 1年 ＿＿＿＿ ＿＿＿＿ ＿＿＿＿ ＿＿＿＿ へ行きます。
　　 いちねん　　　　　　　　　　　　　　　　　　 い

　　 1. 5回　　 2. に　　 3. 映画館　　 4. くらい
　　　　 ご かい　　　　　　　　 えい が かん

文法一點通

　　 兩個文法的格助詞「に」跟「で」前後都會接數字，但「時間＋に＋次數」前面是某段時間，後面通常用「回／次」，表示範圍內的次數；「數量＋で＋數量」是表示數量總和。

7 格助詞の使用（7）
／格助詞的使用（7）

◆ [方法・手段] ＋で ／ 1. 用…；2. 乘坐…

→ 接續方法：{名詞} ＋で

【手段】

（1）テレビでスポーツを見ます。
透過電視看運動轉播。

（2）ボールペンで名前を書きます。
用原子筆寫名字。

【交通工具】

（1）車で荷物を送ります。
開車送貨。

◆ [材料] ＋で ／ 1. 用…；2. 用什麼

→ 接續方法：{名詞} ＋で

【材料】

（1）野菜でジュースを作ります。
用蔬菜榨成果汁。

（2）日本のお酒は米でできています。
日本的酒是用米釀製而成的。

單字及補充

┃テレビ【television 之略】電視 ┃ラジオ【radio】收音機；無線電 ┃ボールペン【ball-point pen 之略】原子筆，鋼珠筆 ┃ペン【pen】筆，原子筆，鋼筆 ┃万年筆 鋼筆 ┃鉛筆 鉛筆 ┃名前（事物與人的）名字，名稱 ┃車 車子的總稱，汽車 ┃自転車 腳踏車，自行車 ┃自動車 車，汽車 ┃飛行機 飛機 ┃地下鉄 地下鐵 ┃台 …台，…輛，…架 ┃お菓子 點心，糕點 ┃飴 糖果；麥芽糖 ┃作る 做，造；創造；寫，創作 ┃声（人或動物的）聲音，語音 ┃歳 …歲

(3) これは何で作ったお菓子ですか。
これは何で作ったお菓子ですか。
這是用什麼食材製作的甜點呢？

◆ [状態・情況] ＋で ／在…、以…

→ 接続方法：{名詞} ＋で

【状態】

(1) いつも一人でレストランに行きます。
我總是一個人去餐廳。

(2) あの子は元気な声で答えます。
那孩子用宏亮的聲音回答。

(3) ４０歳で社長になりました。
40歲時當上了社長。

練習

Ⅰ [a,b] の中から正しいものを選んで、○をつけなさい。

① ことばの意味を辞書　（a. で　　b. に）　調べます。

② この部屋に靴　（a. で　　b. を）　入らないでください。

③ みかん　（a. に　　b. で）　お菓子を作ります。

④ 歩いても行けますが、バスに乗れば10分　（a. で　　b. は）　着きます。

Ⅱ 下の文を正しい文に並べ替えなさい。＿＿＿＿に数字を書きなさい。

① ＿＿＿　＿＿＿　＿＿＿　＿＿＿　上がってください。

　　1. に　　2. で　　3. エレベーター　　4. 5階

② 卵　＿＿＿　＿＿＿　＿＿＿　＿＿＿　を作りました。

　　1. パン　　2. と　　3. サンドイッチ　　4. で

8 格助詞の使用（8）

Track 08

／格助詞的使用（8）

◆ 名詞＋と＋名詞　／…和…、…與…

→ 接続方法：{名詞}＋と＋{名詞}

【名詞的並列】────────────

（1）電車とバスで大学へ行きます。
でんしゃ　　　　　だいがく　　い
搭電車和巴士去大學上課。

（2）中国語とフランス語ができます。
ちゅうごく ご　　　　　　　　ご
我懂中文和法文。

◆ 名詞＋と＋おなじ　／1.和…一樣的、和…相同的；2.…和…相同

→ 接続方法：{名詞}＋と＋おなじ

【同様】────────────

（1）彼女と同じかばんがほしいです。
かのじょ　おな
我也想要跟她同款的包包。

（2）私は由香さんと同じクラスの友達です。
わたし　ゆ か　　　　おな　　　　　　　ともだち
我和由香是同班的好朋友。

◆ ［對象］と　／1.跟…一起；2.跟…（一起）；3.跟…

→ 接続方法：{名詞}＋と

單字及補充

｜バス【bus】巴士，公車　｜語 語言；…語　｜出来る 能，可以，辦得到；做好，做完　｜会う 見面，
で き　　　　　　　　　　　　　　　　　　　　　　　　　　　　　　　　　　　　　　あ
會面；偶遇，碰見　｜女の子 女孩子；少女　｜男の子 男孩子；年輕小伙子　｜出す 出聲；拿出，取出；
おんな こ　　　　　　　　おとこ こ　　　　　　　　　　　だ
提出；寄出

【對象】────────────────────

(1) 彼女と一緒に日本へ行きます。
　　かのじょ　　いっしょ　　にほん　い
　　我要跟她一起去日本。

(2) 私は今日、彼と会いました。
　　わたし　きょう　　かれ　あ
　　我今天遇到他了。

◆ [引用內容] と　　／說…、寫著…

→ 接續方法：{句子} ＋と

【引用內容】────────────────────

(1) 女の子は「キャー！」と大きな声を出しました。
　　おんな　こ　　　　　　　　　おお　　こえ　だ
　　女孩「啊！」地大聲尖叫了。

(2) 店長に「今日休みます。」とメールしました。
　　てんちょう　きょうやす
　　傳了訊息報告店長「今天要請假」。

練習 ────────────────────

I [a,b] の中から正しいものを選んで、○をつけなさい。
　　　　なか　　ただ　　　　　えら

① 四つの季節では、春 （a. と　　b. も）　秋が好きです。
　　よっ　きせつ　　はる　　　　　　　　　あき　す

② 友達 （a. と　　b. に）　図書館で勉強します。
　　ともだち　　　　　　　　としょかん　べんきょう

③ この町は 20 年前 （a. に　　b. と）　同じです。
　　まち　にじゅうねんまえ　　　　　　　　おな

④ 彼女は「ありがとう。」（a. を　　b. と）　明るい声で言った。
　　かのじょ　　　　　　　　　　　　　　　あか　　こえ　い

II 下の文を正しい文に並べ替えなさい。_____ に数字を書きなさい。
　　　した　ぶん　ただ　ぶん　なら　か　　　　　　　　　　すうじ　か

① 毎朝、_____ _____ _____ _____ を散歩します。
　　まいあさ　　　　　　　　　　　　　　　　さんぽ

　　1. 犬　　2. 公園　　3. 一緒に　　4. と
　　　いぬ　　　こうえん　　　いっしょ

② デパートで _____ _____ _____ _____ 買いました。
　　　　　　　　　　　　　　　　　　　　　か

　　1. と　　2. を　　3. かばん　　4. 靴
　　　　　　　　　　　　　　　　　　　くつ

9 格助詞の使用（9）

／格助詞的使用（9）

◆ や ／…和…

→ 接續方法：｛名詞｝ ＋や＋ ｛名詞｝

【列舉】────────────────────────

(1) 図書館で本や雑誌を借ります。
要到圖書館借閱書籍或雜誌。

(2) 椅子や机を買いました。
買了椅子跟書桌。

(3) ズボンや帽子をきれいに洗います。
把褲子和帽子洗乾淨。

(4) 財布にはお金やカードが入っています。
錢包裡裝著錢和信用卡。

◆ や〜など ／和…等

→ 接續方法：｛名詞｝ ＋や＋ ｛名詞｝ ＋など

【列舉】────────────────────────

(1) 朝は料理や洗濯などで忙しいです。
早上要做飯、洗衣等，真是忙碌。

(2) ここに名前や住所、電話番号などを書きます。
請在這裡寫上大名、住址和電話號碼等資料。

單字及補充

| 図書館 圖書館 | 本 書，書籍 | 雑誌 雜誌，期刊 | コピー【copy】拷貝，複製，副本 | 机 桌子，書桌 | 椅子 椅子 | 買う 購買 | 売る 賣，販賣；出賣 | ズボン【(法) jupon】西裝褲；褲子 | 帽子 帽子 | 料理 菜餚，飯菜；做菜，烹調 | 洗濯 洗衣服，清洗，洗滌 | 掃除 打掃，清掃，掃除 | 等（表示概括，列舉）…等 | 電話 電話；打電話 | 番号 號碼，號數

(3) 八百屋に野菜や果物などが売っています。
菜販販售著蔬菜和水果等商品。

(4) 日本や韓国など、アジアの国を旅行しました。
我去了日本和韓國等等亞洲國家旅行。

練習

I [a,b] の中から正しいものを選んで、○をつけなさい。

① 鞄の中には本　（a. や　　b. か）　財布が入っています。

② 着物で、バック　（a. や　　b. も）　ズボンを作りました。

③ りんごやみかん　（a. でも　　b. など）　の果物が好きです。

④ デパートでネクタイ　（a. が　　b. や）　鞄を買いました。

⑤ 駅前にはパン屋や本屋、靴屋　（a. とか　　b. など）　があります。

II 下の文を正しい文に並べ替えなさい。　＿＿＿＿に数字を書きなさい。

① スポーツの後は、お茶　＿＿＿＿　＿＿＿＿　＿＿＿＿　＿＿＿＿　飲みましょう。

　　1. を　　2. など　　3. や　　4. ジュース

② ＿＿＿＿　＿＿＿＿　＿＿＿＿　＿＿＿＿　ノートがあります。

　　1. 鉛筆　　2. 上に　　3. や　　4. 机の

③ ＿＿＿＿　＿＿＿＿　＿＿＿＿　＿＿＿＿　アイスなどを買いました。

　　1. 飲み物　　2. で　　3. や　　4. コンビニ

文法一點通

　　「や」和「名詞＋と＋名詞」意思都是「…和…」，「や」暗示除了舉出的二、三個例子之外，還有其他的；「と」則會舉出所有事物來。

10 格助詞の使用（10）
／格助詞的使用（10）

◆ 名詞＋の＋名詞　／…的…

→ 接續方法：｛名詞｝＋の＋｛名詞｝

【所屬】

(1) これは私（わたし）の靴（くつ）です。（所有）
這是我的鞋子。

(2) 石（いし）の皿（さら）はきれいです。（材料）
石盤子素雅大器。

(3) 2000万（にせんまん）の家（いえ）を買（か）いました。（数量）
買了 2000 萬圓的房子。

◆ 名詞＋の　／…的

→ 接續方法：｛名詞｝＋の

【省略名詞】

(1) この車（くるま）は会社（かいしゃ）のです。
這台車是公司的。

(2) あのカレンダーは来年（らいねん）のです。
那份月曆是明年的。

(3) 私（わたし）の傘（かさ）は一番左（いちばんひだり）のです。
我的傘是最左邊那支。

單字及補充

| これ 這個，此；這人；現在，此時 　| それ 那，那個；那時，那裡；那樣 　| あれ 那，那個；那時；那裡 　| どれ 哪個 　| 私（わたし）我（謙遜的唸法為「わたくし」）　| さん（接在人名，職稱後表敬意或親切）…先生，…小姐 　| 万（まん）（數）萬 　| 百（ひゃく）（數）一百；一百歲 　| 千（せん）（數）千，一千；形容數量之多 　| この 這…，這個… 　| その 那…，那個… 　| あの（表第三人稱，離說話雙方都距離遠的）那，那裡，那個 　| どの 哪個，哪…

◆ 名詞＋の ／…的…

→ 接續方法：{名詞} ＋の

【名詞修飾主語】

(1) これは私の描いた絵です。
這是我畫的畫。

(2) これは友達の撮った写真です。
這是朋友拍的照片。

(3) 先生の書いた本を読みました。
拜讀了老師寫的大作。

練習

I [a,b] の中から正しいものを選んで、○をつけなさい。

① 日本語 (a. に　　b. の) 本を買いました。

② あの青い車は私 (a. の　　b. へ) です。

③ 日曜日 (a. が　　b. の) 天気は悪かったです。

④ 姉 (a. の　　b. を) 作ったケーキが好きです。

II 下の文を正しい文に並べ替えなさい。_____ に数字を書きなさい。

① _____ _____ _____ _____ を見たいです。

　　1. の　　2. 父　　3. 会社　　4. 働いている

② この _____ _____ _____ _____ ですか。

　　1. 誰　　2. は　　3. の　　4. 傘

文法一點通

　　為了避免重複，用形式名詞「の」代替前面提到過的，無須說明大家都能理解的名詞，或後面將要說明的事物、場所等；「形容詞＋の」表示修飾「の」。形容詞後面接的「の」是一個代替名詞，代替句中前面已出現過，或是無須解釋就明白的名詞。

11 副助詞の使用（1）

／副助詞的使用（1）

◆ は〜です ／…是…

→ 接續方法：{名詞} ＋は＋ {敘述的內容或判斷的對象之表達方式} ＋です

【提示】

(1) 夏は暑いです。
　　なつ　　あつ
　　夏天酷熱炎炎。

(2) 彼女は留学生です。
　　かのじょ　　りゅうがくせい
　　她是留學生。

(3) （私は）李芳です。よろしくお願いします
　　わたし　　リーフアン　　　　　　　　　　　ねが
　　（我叫）李芳，請多指教。

◆ は〜が

→ 接續方法：{名詞} ＋は＋ {名詞} ＋が

【提示】

(1) 今日は天気がいいです。
　　きょう　　てんき
　　今天天氣晴朗。

(2) 今日は、海がきれいです。
　　きょう　　　　うみ
　　今天的大海如詩如畫。

單字及補充

│留学生 留學生　│テスト【test】考試，試驗，檢查　│申す 叫做，稱；説，告訴　│（どうぞ）
　りゅうがくせい
よろしく 指教，關照　│お願いします 麻煩，請；請多多指教　│こちらこそ 哪兒的話，不敢當
　　　　　　　　　　　　ねが
│鼻 鼻子　│耳 耳朵　│背・背 身高，身材　│大きい（數量，體積，身高等）大，巨大；（程度，範
　はな　　　みみ　　　せ　せい　　　おお
圍等）大，廣大　│小さい 小的；微少，輕微；幼小的　│好き 喜好，愛好；愛，產生感情　│大好き
　　　だいす
非常喜歡，最喜歡　│可愛い 可愛，討人喜愛；小巧玲瓏　│楽しい 快樂，愉快，高興　│嫌い 嫌
　　　　　　　　　　かわい　　　　　　　　　　　　　　　　たの　　　　　　　　　　　　きら
惡，厭惡，不喜歡　│嫌 討厭，不喜歡，不願意；厭煩
　　　　　　　　いや

（3）私は鼻がとても大きいです。
　　我的鼻子非常巨大。

◆ は〜が、〜は〜　／但是…

→ 接續方法：{名詞}＋は＋{名詞です（だ）；形容詞・動詞丁寧形（普通形）}＋が、{名詞}＋は

【對比】

（1）京都へは行きますが、大阪へは行きません。
　　我會去京都，但不會去大阪。

（2）ワインは好きですが、ビールは好きではありません。
　　雖然喜歡喝紅酒，但並不喜歡喝啤酒。

（3）掃除はしますが、料理はしません。
　　我會打掃，但不做飯。

練習

I [a,b] の中から正しいものを選んで、○をつけなさい。

① この銀行　（a. で　　b. は）　便利です。

② 山下さんの家　（a. も　　b. は）　玄関が大きくて、いいなあ。

③ この店　（a. は　　b. が）　魚料理が有名です。

④ この映画　（a. に　　b. は）　有名です。

II 下の文を正しい文に並べ替えなさい。＿＿＿ に数字を書きなさい。

① この映画 ＿＿＿ ＿＿＿ ＿＿＿ ＿＿＿、その映画はまだです。

　　1. が　　2. もう　　3. は　　4. 見ました

② 私 ＿＿＿ ＿＿＿ ＿＿＿ ＿＿＿ ほしいです。

　　1. 靴　　2. が　　3. 新しい　　4. は

12 副助詞の使用（２）

／副助詞的使用（２）

Track 12

◆ も ／竟、也

→ 接續方法：{數量詞} ＋も

【強調】

(1) 風邪で 10 人も休んでいます。
因感冒而導致多達 10 人請假。

(2) 日本語の本を 5 冊も買いました。
買了多達 5 本日文書。

(3) この村には川が 7 本もあります。
這個村子有多達 7 條河。

◆ には、へは、とは

→ 接續方法：{名詞} ＋には、へは、とは

【強調】

(1) この部屋は私にはちょっと広いです。
這房間對我來說有點太大了。

(2) この電車は京都へは行きません。
這班電車不駛往京都。

(3) 鈴木さんとは昨日初めて会いました。
我昨天才第一次見到了鈴木小姐。

單字及補充

| 風邪 感冒，傷風 | 病気 生病，疾病 | 引く 拉，拖；翻查；感染（傷風感冒） | 困る 感到傷腦筋，困擾；難受，苦惱；沒有辦法 | 人 …人 | 休む 休息，歇息；停歇；睡，就寢；請假，缺勤 | 冊 …本，…冊 | 川・河 河川，河流 | 部屋 房間；屋子 | 昨日 昨天；近來，最近；過去 | 一昨日 前天 | 初めて 最初，初次，第一次 | 初め 開始，起頭；起因 | 初めまして 初次見面，你好 | 先生 老師，師傅；醫生，大夫 | 答える 回答，答覆；解答 | 人 …人 |

28

◆ にも、からも、でも

→ 接續方法：{名詞} ＋にも、からも、でも

【強調】────────────────────────

（1）先生はどんな質問にも答えてくれます。
老師不論任何問題都能解答。

（2）父からも本をもらいました。
父親也送給了我書籍。

（3）これは日本人でもわからないでしょう。
這就連日本人也不知道吧。

練習

I [a,b] の中から正しいものを選んで、○をつけなさい。

① これは小さな子ども　（a. にも　　b. からも）　わかることです。

② おいしかったので、5杯　（a. も　　b. でも）　飲んでしまいました。

③ 同じ日に20回　（a. にも　　b. も）　電話をかけました。

④ 山　（a. には　　b. へは）　、駅前から6番バスに乗ってください。

II 下の文を正しい文に並べ替えなさい。＿＿＿＿に数字を書きなさい。

① 彼女 ＿＿＿ ＿＿＿ ＿＿＿ ＿＿＿ になりました。

　　1. とは　　2. 友達　　3. で　　4. パーティー

② 教室から富士山が見えます。＿＿＿ ＿＿＿ ＿＿＿ ＿＿＿ 見えます。

　　1. 私　　2. 部屋　　3. の　　4. からも

文法一點通

　「は」表強調，前接格助詞時，是用在特別提出格助詞前面的名詞的時候；「も」也表強調，前接格助詞時，表示除了格助詞前面的名詞以外，還有其他的人事物。

13 副助詞の使用（3）

／副助詞的使用（3）

◆ ぐらい、くらい ／1.（時間、數量）大約、左右、上下；2. 和…一樣…

→ 接續方法：{數量詞} ＋ぐらい、くらい

【時間】

（1）日本語を３年ぐらい勉強しました。
にほんご　さんねん　　　べんきょう
日文學了莫約３年。

【數量】

（1）この本は半分ぐらい読みました。
ほん　はんぶん　　　　　よ
這本書讀了一半左右。

【程度相同】

（1）私の国は日本の夏と同じくらい暑いです。
わたし　くに　にほん　なつ　おな　　　　　　あつ
我的國家的氣候差不多和日本的夏天一樣熱。

◆ だけ ／只、僅僅

→ 接續方法：{名詞（＋助詞＋）} ＋だけ；{名詞；形容動詞詞幹な} ＋
だけ；{形容詞・動詞普通形} ＋だけ

【限定】

（1）見るだけですよ。触らないでください。
み　　　　　　　　　　さわ
只能用眼睛看喔！請不要伸手觸摸。

單字及補充

| 半分 半，一半，二分之一 | 半 …半；一半 | 個 …個 | 番（表示順序）第…，…號；輪班；看
はんぶん　　　　　　　　　　　　　　　　　　はん　　　　　　　こ　　　　　　　ばん
守 | 匹・匹（鳥，蟲，魚，獸）…匹，…頭，…條，…隻 | ページ【page】…頁 | ずつ（表示均攤）
ひき　びき
每…，各…；表示反覆多次 | 一々 一一，一個一個；全部；詳細 | だけ 只有… | 覚える 記住，
いちいち　　　　　　　　　　　　　　　　　　　　　　　　　　　　　　　　　おぼ
記得；學會，掌握

◆ しか＋ [否定] ／只・僅僅

→ 接続方法：{名詞 (＋助詞)} ＋しか～ない

【限定】

    （1）この椅子は足が３本しかない。
         い　す　　あし　　さんぼん
        這張椅子只有３隻腳。

    （2）毎日ジュースしか飲みません。
         まいにち　　　　　　　　　　の
        每天不喝別的只喝果汁。

◆ ずつ ／毎・各

→ 接続方法：{数量詞} ＋ずつ

【等量均攤】

    （1）１日に３個ずつ単語を覚えます。
        いちにち　　さんこ　　　　たんご　おぼ
        每天記３個單字。

    （2）空が少しずつ暗くなってきました。
        そら　すこ　　　　くら
        天色逐漸暗了下來。

練習

Ⅰ [a,b] の中から正しいものを選んで、○をつけなさい。
   なか　　　ただ　　　　　　　えら

① 毎日少し （a. で　　b. ずつ） 勉強しましょう。
  まいにちすこ　　　　　　　　　　　　べんきょう

② この薬は１日１回、朝 （a. だけ　　b. しか） 飲みます。
  くすり　いちにちいっかい　あさ　　　　　　　　　　　　　の

③ この車は４人 （a. ぐらい　　b. しか） 乗れません。
  くるま　よにん　　　　　　　　　　　　　　　　の

④ もう 20 年 （a. ごろ　　b. ぐらい） 日本に住んでいます。
  にじゅう ねん　　　　　　　　　　　　にほん　す

Ⅱ 下の文を正しい文に並べ替えなさい。_____ に数字を書きなさい。
  した　ぶん　ただ　ぶん　なら　か　　　　　　　　　すうじ　か

① では、_____ _____ _____ _____ 入ってください。
                   はい

    1. ずつ　　2. 部屋　　3. 一人　　4. に
            へや　　　　ひとり

② 東京駅まで、家 _____ _____ _____ _____ くらいです。
  とうきょうえき　　いえ

    1. で　　2. から　　3. 車　　4. ２時間
               くるま　　にじかん

14 副助詞の使用（４）

◆ は～ません　／不…

→ 接續方法：{名詞} ＋は＋ {否定的表達形式}

【動詞的否定句】

（1）王さんは刺身を食べません。
オウ　　　さしみ　た
王小姐不吃生魚片。

【名詞的否定句】

（1）明日は暇ではありません。
あした　　ひま
明天沒空。

◆ も　／1.也…也…、都是…；2.也、又；3.也和…也和…

【並列】

（1）父も母も元気です。
ちち　はは　げんき
家父和家母都老當益壯。

【累加】

（1）花子は日本人です。太郎も日本人です。
はなこ　にほんじん　　たろう　　にほんじん
花子是日本人，太郎也是。

【重覆】

（1）京都にも、東京にも行きたいです。
きょうと　　とうきょう　　い
京都和東京我都想去。

單字及補充

┃父 家父，爸爸，父親　┃母 家母，媽媽，母親　┃お父さん（「父」的鄭重說法）爸爸，父親
┃お母さん（「母」的鄭重說法）媽媽，母親　┃元気 精神，朝氣；健康　┃では、お元気で 請多保
重身體　┃では、また 那麼，再見　┃さよなら・さようなら 再見，再會；告別　┃おはようござ
います（早晨見面時）早安，您早　┃今日は 你好，日安　┃今晩は 晚安你好，晚上好　┃お休み
なさい 晚安　┃知る 知道，得知；理解；認識；學會

◆ か ／或者…

→ 接續方法：｛名詞｝＋か＋｛名詞｝

【選擇】

（1）バナナかリンゴを買ってきてください。
請買香蕉或蘋果回來。

◆ か～か～ ／1.…或是…；2.…呢？還是…呢

→ 接續方法：｛名詞｝＋か＋｛名詞｝＋か；｛形容詞普通形｝＋か＋｛形容詞普通形｝＋か；｛形容動詞詞幹｝＋か＋｛形容動詞詞幹｝＋か；｛動詞普通形｝＋か＋｛動詞普通形｝＋か

【選擇】

（1）参加するかしないか、決めてください。
究竟要參加還是不參加，請做出決定！

【疑問】

（1）彼女は行くか、行かないか、知っていますか。
你知道她是去還是不去嗎？

練習

I [a,b] の中から正しいものを選んで、○をつけなさい。

① 冬休みはスキーか温泉 （a. の　 b. か） 、どっちがいいでしょうか。

② 先生 （a. も　 b. にも） 学生もいます。

③ 日本語 （a. も　 b. か） 英語で答えてください。

④ コーヒー （a. か　 b. と） 何か、熱いものが飲みたいなあ。

II 下の文を正しい文に並べ替えなさい。＿＿＿＿に数字を書きなさい。

① 私はあなた ＿＿＿ ＿＿＿ ＿＿＿ ＿＿＿。

　1. 好き　 2. が　 3. ありません　 4. では

② ＿＿＿ ＿＿＿ ＿＿＿ ＿＿＿ 船で行きます。

　1. 飛行機　 2. か　 3. は　 4. 沖縄

33

15 その他の助詞の使用（１）Track ⑮
／其他助詞的使用（１）

◆ が　／但是…

→ 接続方法：{名詞です（だ）；形容動詞詞幹だ；形容詞・動詞丁寧
　　形（普通形）｝ ＋が

【逆接】────────────────────

（1）部屋は古いが明るいです。
　　房間雖陳舊但採光良好。

（2）王さんは英語は上手ですが、日本語は下手です。
　　王同學的英文流利，但日語卻不太行。

（3）ワインは飲みますが、ビールは飲みません。
　　雖然會喝紅酒，但不喝啤酒。

◆ が

→ 接続方法：{句子｝ ＋が

【前置詞】────────────────────

（1）失礼ですが、どちら様ですか。
　　束我冒昧，您是哪位呢？

（2）今度の日曜日ですが、テニスをしませんか。
　　下個星期天，要不要一起打網球呢？

單字及補充

|どちら（方向，地點，事物，人等）哪裡，哪個，哪位（口語為「どっち」）|こちら 這邊，這裡，這方面；這位；我，我們（口語為「こっち」）|そちら 那兒，那裡；那位，那個；府上，貴處（口語為「そっち」）|あちら 那兒，那裡；那個；那位|日曜日 星期日|月曜日 星期一|火曜日 星期二|水曜日 星期三|木曜日 星期四|金曜日 星期五|土曜日 星期六|誕生日 生日|もしもし（打電話）喂；喂〈叫住對方〉|どうぞ（表勸誘，請求，委託）請；（表承認，同意）可以，請|どうも 怎麼也；總覺得；實在是，真是；謝謝|要る 要，需要，必要

（3）もしもし、山田ですが、松田さんはいらっしゃいますか。
喂，我是山田，請問松田先生在嗎？

◆ [疑問詞] ＋か

→ 接續方法：{疑問詞} ＋か

【不明確】

（1）何か食べませんか。
要不要吃點什麼？

（2）あの男の人が誰か知っていますか。
你知道那個男人是誰嗎？

（3）郵便局へ行きますが、林さんは何かいりますか。
我要去郵局一趟，林先生有什麼需要嗎？

練習

I [a,b] の中から正しいものを選んで、○をつけなさい。

① 外は寒いです　（a. か　　b. が）　、家の中は暖かいです。

② すみません　（a. が　　b. の）　、もう1度言ってください。

③ どこ　（a. か　　b. へ）　静かなところで話しましょう。

④ お金はありません　（a. が　　b. ので）　、時間はあります。

II 下の文を正しい文に並べ替えなさい。＿＿＿に数字を書きなさい。

① 早く　＿＿＿　＿＿＿　＿＿＿　＿＿＿、よろしいでしょうか。

　　1. ん　　2. が　　3. 帰りたい　　4. です

② この絵は　＿＿＿　＿＿＿　＿＿＿　＿＿＿　ことがあります。

　　1. どこ　　2. で　　3. か　　4. 見た

16 その他の助詞の使用（２） Track 16
／其他助詞的使用（２）

◆ [疑問詞]＋が

→ 接續方法：{疑問詞}　＋が

【疑問詞主語】

(1)「誰が食べましたか。」「弟が食べました。」
「是誰吃掉的？」「是弟弟吃的。」

(2) みんなはいつが暇ですか。
各位何時有空呢？

(3) あなたはどれが好きですか。
您喜歡哪一個呢？

(4) 彼女は何が見たいですか。
她想看什麼呢？

◆ [句子]＋か、[句子]＋か　／是…，還是…

→ 接續方法：{句子}　＋か、{句子}　＋か

【選擇性的疑問句】

(1) 外は晴れですか、雨ですか。
外面是晴朗還是在下雨呢？

(2) 母は台所にいますか、トイレにいますか。
媽媽在廚房嗎？還是在廁所呢？

單字及補充

| 弟　弟弟（鄭重説法是「弟さん」）　| 妹　妹妹（鄭重説法是「妹さん」）　| 兄　哥哥，家兄；姐夫
| 姉　姉姉，家姉；嫂子　| 皆　大家，全部，全體　| 何時　何時，幾時，什麼時候；平時　| 晴れ（天氣）晴，（雨，雪）停止，放晴　| 晴れる（天氣）晴，（雨，雪）停止，放晴　| 台所　廚房　| 外国　外國，外洋

（3）このお菓子は台湾のですか、日本のですか。
這種甜點是台灣的呢？還是日本的呢？

（4）ジャンさんはアメリカ人ですか、ブラジル人ですか。
傑先生是美國人呢？還是巴西人呢？

練習

Ⅰ [a,b] の中から正しいものを選んで、○をつけなさい。

① 「教室に誰　（a. は　　b. が）　いますか。」「誰もいません。」

② どの映画　（a. か　　b. が）　面白いですか。

③ 明日は暑いです　（a. が　　b. か）、寒いです　（a. か　　b. よ）。

④ あかちゃんは男の子です　（a. か　　b. と）、女の子です　（a. か　　b. ね）。

⑤ クッキーとパンではどっち　（a. が　　b. も）　好きですか。

Ⅱ 下の文を正しい文に並べ替えなさい。 ＿＿＿＿＿ に数字を書きなさい。

① 今日のテスト ＿＿＿＿ ＿＿＿＿ ＿＿＿＿ ＿＿＿＿、難しいですか。

1. は　　2. か　　3. です　　4. 簡単

② 右の絵と左の絵は、＿＿＿＿ ＿＿＿＿ ＿＿＿＿ ＿＿＿＿。

1. か　　2. が　　3. どこ　　4. 違います

③ 日曜日 ＿＿＿＿ ＿＿＿＿ ＿＿＿＿ ＿＿＿＿、仕事ですか。

1. は　　2. です　　3. か　　4. 休み

文法一點通

當主詞為「誰、どなた」等疑問詞時，後面接的助詞是「は」還是「が」呢？使用「は」的句子，重點會在後面敘述的訊息，但使用「が」的句子，重點就會在前面敘述的訊息。因為疑問詞是句子的重點，也就是針對「が」所提示的對象，可知這裡應該要用「が」才對。可以直接記住「疑問詞＋が」的用法，這樣就能迎刃而解了。

17 その他の助詞の使用（３）Track 17
／其他助詞的使用（３）

◆［句子］＋か ／嗎、呢

→接續方法：｛句子｝＋か

【疑問句】

（1）あなたは今、おいくつですか。
你現在幾歲呢？

（2）台湾料理は好きですか。
喜歡吃台灣菜嗎？

（3）海を見たことがありますか。
曾經看過海嗎？

◆［句子］＋ね ／1.…喔、…呀、…呢；2.…啊；3.…吧

→接續方法：｛句子｝＋ね

【認同】

（1）今日は寒いですね。
今天真是寒氣逼人呀！

【感嘆】

（1）ここのラーメン、おいしいですね。

這家店的拉麵真是讓人回味無窮啊！

單字及補充

｜幾つ（不確定的個數，年齡）幾個，多少；幾歲 ｜海 海，海洋 ｜寒い（天氣）寒冷 ｜一日（每月）一號，初一 ｜二日（每月）二號，二日；兩天；第二天 ｜三日（每月）三號；三天 ｜四日（每月）四號，四日；四天 ｜五日（每月）五號，五日；五 ｜六日（每月）六號，六日；六天 ｜七日（每月）七號；七日，七天 ｜八日（每月）八號，八日；八天 ｜九日（每月）九號，九日；九天 ｜十日（每月）十號，十日；十天 ｜二十日（每月）二十日；二十天 ｜日 號，日，天（計算日數）｜ヶ月 …個月 ｜もっと 更，再，進一步

38

【確認】

(1) ３日後にまた来てください。今日は５日ですから、
８日ですね。

請於３天後再過來一趟。今天是５號，所以是８號來喔。

◆ [句子] ＋よ ／ 1. …喲；2. …喔、…喲、…啊

→ 接續方法：{句子} ＋よ

【注意】

(1) あ、静かに、先生が来ましたよ。

啊，安靜！老師來了喔！

(2) もう８時ですよ。起きてください。

已經８點囉，快起床！

【肯定】

(1)「この店、おいしいね。」「あっちの店のほうがもっとおいしいよ。」

「這家店真好吃耶！」「那邊有一家更好吃的喔！」

練習

I [a,b] の中から正しいものを選んで、○をつけなさい。

① 雨です （a. の   b. ね） 。傘を持っていますか。

② あのう、本が落ちました （a. から   b. よ） 。

③ この写真をよく見てください。これはあなたの自転車です （a. ね   b. が） 。

④ 彼女と温泉に行きたいです （a. か   b. の） 。

II 下の文を正しい文に並べ替えなさい。＿＿＿ に数字を書きなさい。

① 今 ＿＿＿ ＿＿＿ ＿＿＿ ＿＿＿。

1. して   2. 何を   3. か   4. います

② 健ちゃんは ＿＿＿ ＿＿＿ ＿＿＿ ＿＿＿。

1. 元気   2. です   3. ね   4. いつも

18 接尾語の使用（1）

／接尾詞的使用（1）

◆ じゅう ／1.全…、…期間；2.…內、整整

→ 接續方法：｛名詞｝＋じゅう

【時間】

（1）今日は1日中雨でした。
きょう　　いちにちじゅうあめ
今天下了整天的雨。

（2）夏休み中に、N5の単語を全部覚えるつもりです。
なつやす　じゅう　　エヌご　たんご　ぜんぶ　お
我打算用整個暑假把N5的單字全部背起來。

【空間】

（1）部屋中、暖かくなりました。
へ や じゅう　あたた
房間變得暖和起來了。

（2）この歌は世界中の人が知っています。
うた　せ かいじゅう ひと し
這首歌舉世聞名。

◆ ちゅう ／…中、正在…、…期間

→ 接續方法：｛動作性名詞｝＋ちゅう

【正在繼續】

（1）私は今仕事中です。
わたし　いま し ごとちゅう
我現在正在工作。

單字及補充

| 中 整個，全；（表示整個期間或區域）期間 | 午前 上午，午前 | 昼 中午；白天，白晝；午飯
じゅう　　　　　　　　　　　　　　　　　　　　　　　　ごぜん　　　　　　　　　　　ひる
| 買い物 購物，買東西；要買的東西 | 歌 歌，歌曲 | 仕事 工作；職業 | 中 中央，中間；…期間，
か もの　　　　　　　　　　　　　　　　　　　　うた　　　　　　しごと　　　　　　　　ちゅう
正在…當中；在…之中 | 子ども 自己的兒女；小孩，孩子，兒童 | 大人 大人，成人 | 旅行 旅行，
　　　　　　　　　　　　こ　　　　　　　　　　　　　　　　　　おとな　　　　　　　　りょこう
旅遊，遊歷 | 撮る 拍照，拍攝 | カメラ【camera】照相機；攝影機 | 写真 照片，相片，攝影
　　　　　と　　　　　　　　　　　　　　　　　　　　　　　　　　しゃしん
| フィルム【film】底片，膠片；影片；電影 | 見る 看，觀看，察看；照料；參觀
　　　　　　　　　　　　　　　　　　み

(2) 子どもたちは今勉強中です。
　　こ　　　　いまべんきょうちゅう
孩子們正在用功讀書。

(3) これは旅行中にロンドンで撮った写真です。
　　　　　りょこうちゅう　　　　　　　　と　　しゃしん
這是我在倫敦旅行時拍的照片。

(4) 食事中に携帯電話を見ないでください。
　　しょくじちゅう　けいたいでんわ　み
吃飯時請不要滑手機。

練習

Ⅰ [a,b] の中から正しいものを選んで、○をつけなさい。
　　　　　なか　　ただ　　　　　　　えら

① 今日　（a. じゅう　　b. ちゅう）　に返事をください。
　きょう　　　　　　　　　　　　　　　へんじ

② 勉強　（a. じゅう　　b. ちゅう）　は静かにしてください！
　べんきょう　　　　　　　　　　　　しず

③ 課長は今、電話　（a. うち　　b. ちゅう）　です。
　かちょう　いま　でんわ

④ あの子は１日　（a. じゅう　　b. のなか）、テレビを見ています。
　　こ　　いちにち　　　　　　　　　　　　　　　　　　　み

⑤ 掃除は午前　（a. なか　　b. ちゅう）　に終わりました。
　そうじ　ごぜん　　　　　　　　　　　　お

Ⅱ 下の文を正しい文に並べ替えなさい。_____ に数字を書きなさい。
　した　ぶん　ただ　ぶん　なら　か　　　　　　　　　すうじ　か

① この人は　_____　_____　_____　_____　があります。
　　ひと

　　1. 人気　　2. 世界　　3. で　　4. 中
　　　にんき　　　せかい　　　　　　　じゅう

② _____　_____　_____　_____　をなくしました。

　　1. 携帯　　2. 中　　3. 旅行　　4. に
　　　けいたい　　ちゅう　　りょこう

文法一點通

　　「じゅう」表時間，表示整個時間段、期間內的某一時間點，或整個區域、空間；「ちゅう」表正在繼續，表示動作或狀態正在持續中的整個過程，或動作持續過程中的某一點，但不能表示空間和區域。

19 接尾語の使用（2）

／接尾詞的使用（2）

◆ ごろ ／左右

→ 接續方法：{名詞} ＋ごろ

【時間】────────────

（1）7時ごろ晩ご飯を食べました。
　　しちじ　　ばん　はん　た
　　在7點左右吃了晚餐。

（2）子どもたちは9時ごろに寝ます。
　　こ　　　　　　　くじ　　　ね
　　小朋友們大約9點上床睡覺。

（3）金さんは3月ごろにこの町に来ました。
　　キン　　　さんがつ　　　　　まち　き
　　金女士曾於3月份左右造訪過這座小鎮。

（4）2010年ごろ、私はカナダにいました。
　　にせんじゅう ねん　　わたし
　　2010年前後，我人在加拿大。

◆ すぎ、まえ ／1.過…；2.…多；3.差…；4.…前、未滿…

→ 接續方法：{時間名詞} ＋すぎ、まえ

【時間】────────────

（1）母は10時過ぎに出かけました。
　　はは　じゅうじ す　　で
　　家母10點多時出門了。

（2）今9時15分過ぎです。
　　いまく じ じゅうご ふん す
　　現在時間剛過9點15分。

單字及補充

────────────

┃昼ご飯 午餐 ┃晩ご飯 晚餐 ┃夕飯 晚飯 ┃頃・頃（表示時間）左右，時候，時期；正好的時候
　ひる　はん　　　ばん　はん　　　ゆうはん　　　ころ　ごろ
┃町 城鎮；町 ┃過ぎ 超過…，過了…，過度 ┃出掛ける 出去，出門，到…去；要出去 ┃分・
　まち　　　　　す　　　　　　　　　　　　　でか
分（時間）…分；（角度）分 ┃働く 工作，勞動，做工 ┃勤める 工作，任職；擔任（某職務）
ぶん　　　　　　　　　　　　はたら　　　　　　　　　　つと

【年齢】────────────────────────

（1）父は７０才過ぎでも働いています。
　　ちち　ななじゅっさいす　　　　　はたら
　　家父年過 70 仍然在工作。

【時間】────────────────────────

（1）１年前、会社に入りました。
　　いちねんまえ　かいしゃ　はい
　　我在 1 年前進了公司。

【年齢】────────────────────────

（1）３０歳前に、結婚したいです。
　　さんじゅっさいまえ　　　けっこん
　　我想在 30 歲以前結婚。

練習 ────────────────────────

Ⅰ [a,b] の中から正しいものを選んで、○をつけなさい。
　　　　なか　　　ただ　　　　　　えら

① 家から会社まで歩いて 20 分　（a．ぐらい　　b．ごろ）　です。
　いえ　　かいしゃ　　ある　　にじゅっぷん

② 彼は１週間　（a．さき　　b．まえ）　から日本にいます。
　かれ　いっしゅうかん　　　　　　　　　　にほん

③ ２年　（a．まで　　b．まえ）　に結婚しました。
　にねん　　　　　　　　　　　　けっこん

④ この果物は、今　（a．ごろ　　b．しか）　が一番おいしいです。
　　くだもの　いま　　　　　　　　　　　　いちばん

Ⅱ 下の文を正しい文に並べ替えなさい。_____に数字を書きなさい。
　　した　ぶん　ただ　ぶん　なら　か　　　　　　　　　すうじ　か

① この山は、毎年　_____ _____ _____ _____　きれいです。
　　　やま　まいとし

　　1．ごろ　　2．一番　　3．が　　4．今
　　　　　　　　　いちばん　　　　　　いま

② 毎朝　_____ _____ _____ _____　を出ます。
　まいあさ　　　　　　　　　　　　　　　　で

　　1．８時　　2．家　　3．に　　4．過ぎ
　　　はちじ　　　いえ　　　　　　　　す

文法一點通 ────────────────────────

　　「ごろ」及「ぐらい」同樣用來表示「大約」的時間，所以「一時、昼」這類的時間名詞，兩者都通用。不同的是「ぐらい」前可以接「時間長度」，而「ごろ」就不可以了。例如：可以說「５時間ぐらい（約5小時）」、「10年ぐらい（約 10 年）」但不能說「５時間ごろ」、「10年ごろ」。
　　　　　　　　　　　　　　　　　　　　　　　　　　　ごじかん
　　　　　　　　　　　　　　　　　　　　　　じゅうねん　　　　　　　　　　　ごじかん　　　じゅうねん

20 接尾語の使用（3）

◆ たち、がた、かた ／…們

→ 接續方法：{名詞} ＋たち、がた、かた

【人的複數】

(1) 子どもたちのために明るい社会を作りたい。
我想為孩子們營造一個光明美好的社會。

(2) 学生たちはどの電車に乗りますか。
學生們要乘坐哪一輛電車呢？

(3) あなた方は私の友達です。
您們是我的朋友。

(4) あの方は田中さんです。医者です。
那位是田中小姐。是位醫生。

◆ かた ／…法、…樣子

→ 接續方法：{動詞ます形} ＋かた

【方法】

(1) ワインの作り方を教えています。
我在教授製作紅酒的方法。

單字及補充

┃達（表示人的複數）…們，…等 ┃方 位，人（「人」的敬稱）┃方（前接人稱代名詞，表對複數的敬稱）們，各位 ┃貴方・貴女（對長輩或平輩尊稱）你，您；（妻子稱呼先生）老公 ┃自分 自己，本人，自身；我 ┃皆さん 大家，各位 ┃漢字 漢字 ┃言う 説，講；説話，講話 ┃悪い 不好，壞的；不對，錯誤 ┃良い・良い 好，佳，良好；可以 ┃駅（鐵路的）車站 ┃電車 電車 ┃着く 到，到達，抵達；寄到

44

（2）漢字の読み方をひらがなで書きます。
用平假名寫下漢字的讀音。

（3）それは、あなたの言い方が悪いですよ。
那該怪你措辭失當喔！

（4）駅までの行き方を地図に書いてあげました。
畫了前往車站的路線圖給他。

練習

I [a,b] の中から正しいものを選んで、○をつけなさい。

① パンの作り　（a. がた　　b. かた）　を母に聞きます。

② 漢字の使い　（a. ほう　　b. かた）　がわかりません。

③ あの眼鏡の　（a. たち　　b. かた）　は山田さんです。

④ あの　（a. もの　　b. かた）　は大学の先生です。

⑤ 旅行中は、たくさんの　（a. かたがた　　b. どなた）　にお世話になりました。

II 下の文を正しい文に並べ替えなさい。＿＿＿に数字を書きなさい。

① この単語の　＿＿＿　＿＿＿　＿＿＿　＿＿＿　てください。

　　1. を　　2. 教え　　3. 方　　4. 読み

② ＿＿＿　＿＿＿　＿＿＿　＿＿＿　学校の生徒です。

　　1. 私　　2. 日本語　　3. は　　4. たち

文法一點通

　　「たち」前接人物或人稱代名詞，表示人物的複數；但要表示「彼」的複數，就要用「彼＋ら」的形式。「ら」前接人物或人稱代名詞，也表示人或物的複數，但說法比較隨便。「ら」也可以前接物品或事物名詞，表示複數。

21 疑問詞の使用（1）
／疑問詞的使用（1）

◆ なに、なん ／什麼

→ 接續方法：なに、なん＋｛助詞｝

【問事物】────────────

（1）彼は何を飲みましたか。
かれ なに の
他喝了什麼呢？

（2）朝何時に家を出ましたか。
あさなん じ いえ で
你早上是幾點出門的呢？

（3）「何で行きますか。」「タクシーで行きましょう。」
なに い い
「要用什麼方式前往？」「搭計程車去吧！」

◆ なぜ、どうして ／1.原因是…；2.為什麼

→ 接續方法：なぜ、どうして＋｛詢問的內容｝

【問理由】────────────

（1）息子はなぜ食べなかったんですか。
むす こ た
兒子為什麼沒有吃呢？

（2）台湾の果物はなぜ安いんですか。
タイワン くだもの やす
為什麼台灣的水果會如此便宜呢？

（3）どうして喧嘩したのですか。
けん か
為什麼吵架了呢？

單字及補充

｜家 房子，房屋；（自己的）家；家庭 ｜果物 水果，鮮果 ｜何故 為何，為什麼 ｜どうして 為什麼，
いえ くだもの なぜ
何故 ｜安い 便宜，（價錢）低廉 ｜高い （價錢）貴；（程度，數量，身材等）高，高的 ｜低い 低，
やす たか ひく
矮；卑微，低賤 ｜どなた 哪位，誰 ｜手紙 信，書信，函 ｜紙 紙 ｜封筒 信封，封套 ｜ポスト
てがみ かみ ふうとう
【post】郵筒，信箱

◆ だれ、どなた ／ 1. 誰；2. 哪位…

→接續方法：だれ、どなた＋｛助詞｝

【問人】

（1）これは誰の机ですか。
だれ つくえ
這是誰的桌子？

（2）この手紙は誰が書きましたか。
て がみ だれ か
這封信是誰寫的？

（3）あなたはどなたですか。
請問您是哪位？

練習

I [a,b] の中から正しいものを選んで、○をつけなさい。
なか ただ えら

① 昨日は （a. なぜ　　b. いつ）　来なかったんですか。
きのう こ

② 去年の今日は （a. なに　　b. どう）　をしましたか。
きょねん きょう

③ （a. どちら　　b. どなた）　が来ましたか。
き

④ 1本 （a. なん　　b. なに）　円ですか。
いっぽん えん

II 下の文を正しい文に並べ替えなさい。_____に数字を書きなさい。
した ぶん ただ ぶん なら か すうじ か

① このワインは _____ _____ _____ _____。

1. が　　2. か　　3. あけました　　4. 誰
だれ

② どうして _____ _____ _____ _____ いるのですか。

1. 窓　　2. が　　3. この　　4. 開いて
まど あ

文法一點通

　　除了「どなた」可以用在問「哪位」之外，「どちら」也可以用在問「人」。不同的是，「どなた」適用在明確地想詢問對方姓名。「どちら」問「人」時後面一般會加上「様」，表示委婉地詢問對方的所屬單位及姓名。另外，「どちら」也可以用在問「地點」上。

22 疑問詞の使用（２）
／疑問詞的使用（２）

Track 22

◆ いつ　／何時、幾時

→ 接續方法：いつ＋ ｛疑問的表達方式｝

【問時間】

(1) 夏休みはいつからですか。
なつやす
什麼時候開始放暑假？

(2) いつ食事しましょうか。
しょく じ
幾時要去吃飯呢？

(3) 明日私達はいつ会いますか。
あした わたしたち　　　　あ
我們明天何時見面呢？

◆ いくつ　／1.幾個、多少；2.幾歲

→ 接續方法：｛名詞（＋助詞)｝＋いくつ

【問個數】

(1) 箱がいくついりますか。
はこ
有幾個箱子呢？

(2) 新しい言葉をいくつ覚えましたか。
あたら　　ことば　　　　おぼ
已經背下幾個生詞了呢？

單字及補充

┃夏休み 暑假　┃箱 盒子，箱子，匣子　┃言葉 語言，詞語　┃御・御 您（的）…，貴…；放在字首，
なつやす　　　　はこ　　　　　　　　　　　　ことば　　　　　　　　　　　おお　おん
表示尊敬語及美化語　┃タクシー【taxi】計程車　┃重い（份量）重，沉重　┃軽い 輕的，輕快的；
おも　　　　　　　　　　　　かる
（程度）輕微的；輕鬆的　┃厚い 厚；（感情，友情）深厚，優厚　┃薄い 薄；淡，淺；待人冷淡；稀少
あつ　　　　　　　　　　　　　　　　　　　うす
┃近い（距離，時間）近，接近，靠近　┃遠い（距離）遠；（關係）遠，疏遠；（時間間隔）久遠
ちか　　　　　　　　　　　　　　　　とお

【問年齢】

（1）「お母様はおいくつですか。」「母はもう ９０ です。」
「請問令堂貴庚呢？」「家母已經高齡 90 了。」

◆ いくら ／（價格、數量）多少

→ 接續方法：{名詞（＋助詞）} ＋いくら

【問價格】

（1）「いくらですか。」「1200 円になります。」
「多少錢呢？」「1200 圓。」

（2）空港までタクシーでいくらかかりますか。
請問搭計程車到機場的車資是多少呢？

【問數量】

（1）荷物の重さはいくらありますか。
行李的重量是多少呢？

練習

Ⅰ [a,b] の中から正しいものを選んで、○をつけなさい。

① 「パンは （a. いくつ　　b. いくら） 食べますか。」「三つください。」

② あなたの誕生日は （a. いつ　　b. いくつ） ですか。

③ その車は （a. いつも　　b. いくら） ですか。

④ 学校は （a. いくら　　b. いつ） まで休みですか。

Ⅱ 下の文を正しい文に並べ替えなさい。＿＿＿ に数字を書きなさい。

① 北海道 ＿＿＿ ＿＿＿ ＿＿＿ ＿＿＿ かかりますか。

　　1. いくら　　2. まで　　3. は　　4. 時間

② あなたのお姉さん ＿＿＿ ＿＿＿ ＿＿＿ ＿＿＿ ですか。

　　1. 今　　2. は　　3. お　　4. いくつ

23 疑問詞の使用（３）

／疑問詞的使用（３）

◆ どう、いかが ／ 1. 怎樣；2. 如何

→ 接續方法：｛名詞｝＋はどう（いかが）ですか

【問狀況】────────────────────

(1) 明日の午後２時はどうですか。
あした　ごご にじ
明天下午２點如何？

(2) 映画はどうでしたか。
えい が
電影好看嗎？

【勸誘】────────────────────

(1) 食事の後にコーヒーはいかがですか。
しょく じ　　あと
飯後要來杯咖啡嗎？

◆ どんな ／什麼樣的

→ 接續方法：どんな＋ ｛名詞｝

【問事物內容】────────────────────

(1) どんな人が好きですか。
ひと　す
你喜歡什麼樣的人？

(2) 彼女はどんな人ですか。
かのじょ　　 ひと
她是個怎麼樣的人呢？

(3) 今年どんな１年にしたいですか。
こ とし　　 いちねん
今年想過出怎麼樣的一年呢？

單字及補充

｜今日 今天 ｜明日 明天 ｜明後日 後天 ｜どう 怎麼，如何 ｜如何 如何，怎麼樣 ｜映画
きょう　　　　　　 あした　　　　　　　あさって　　　　　　　　　　　　　　　　　　　　いか が　　　　　　　　　　　　えい が
電影 ｜映画館 電影院 ｜人 人，人類 ｜今年 今年 ｜一月 一個月 ｜時（某個）時候 ｜位・位
　　　　 えい が かん　　　　　ひと　　　　　　　 こ とし　　　　 ひとつき　　　　 とき　　　　　　　　　　　　 くらい ぐらい
（數量或程度上的推測）大概，左右，上下

◆ どのぐらい、どれぐらい ／多(久)…

→ 接續方法：どのぐらい、どれぐらい＋〔詢問的內容〕

【問多久】

（1）ここから駅までどのぐらいありますか。
えき
從這裡到車站有多遠呢？

（2）春休みはどのぐらいありますか。
はるやす
春假有多久呢？

（3）日本語はどれぐらいできますか。
に ほん ご
請問您的日語大約是什麼程度呢？

練習

I [a,b] の中から正しいものを選んで、○をつけなさい。
なか   ただ   えら

① この国は　（a. どのような　　b. どのぐらい）　いるつもりですか。
くに

② あなたは　（a. どちら　　b. どんな）　仕事がしたいですか。
しごと

③ 中国旅行は　（a. いかが　　b. どの）　ですか。
ちゅうごくりょこう

④「ごきげん　（a. いくつ　　b. いかが）　ですか。」「おかげさまで。」

II 下の文を正しい文に並べ替えなさい。_____ に数字を書きなさい。
した ぶん ただ ぶん なら か   すうじ か

① 女の子 _____ _____ _____ _____ 着ていましたか。
おんな こ   き

　　1. どんな　　2. 服　　3. は　　4. を
　　　　　　　　ふく

② _____ _____ _____ _____ か。

　　1. テスト　　2. どれぐらい　　3. できます　　4. は

文法一點通

　　有時在題目中看到「どのような」也別緊張，其實它就是「どんな」更禮貌一點的說法啦！跟它長得很像的還有「どのぐらい」，表示「多久、多少、多少錢、多長、多遠」等意思。

24 疑問詞の使用（４）
／疑問詞的使用（４）

◆ なにか、だれか、どこか ／1. 某些、什麼；2. 某人；3. 去某地方

→ 接續方法：なにか、だれか、どこか＋ ｛不確定事物｝

【不確定】────────────────────

(1) 木の後ろに何かいます。
　　　有什麼在樹的後面。

【不確定是誰】────────────────────

(1) すみません。誰か教えてもらえませんか。
　　　不好意思，有沒有人可以告訴我呢？

【不確定是何處】────────────────────

(1) 携帯電話をどこかに置いてきてしまいました。
　　　忘記把手機放到哪裡去了。

◆ なにも、だれも、どこへも ／也（不）…、都（不）…

→ 接續方法：なにも、だれも、どこへも＋ ｛否定表達方式｝

【全面否定】────────────────────

(1) 今朝から何も食べませんでした。
　　　今天從早上就什麼也沒吃。

(2) この男のことは何も知りません。
　　　關於那個男人的事我一概不知。

單字及補充

｜木 樹，樹木；木材 ｜すみません（道歉用語）對不起，抱歉；謝謝 ｜御免なさい 對不起 ｜御免ください 有人在嗎 ｜失礼します 告辭，再見，對不起；不好意思，打擾了 ｜失礼しました 請原諒，失禮了 ｜誰 誰，哪位 ｜誰か 某人；有人 ｜置く 放，放置；放下，留下，丟下 ｜今朝 今天早上 ｜毎朝 每天早上 ｜男 男性，男子，男人 ｜女 女人，女性，婦女 ｜教室 教室；研究室

（3）昨日は誰も来ませんでした。
　　きのう　だれ　き
　　昨天沒有任何人來。

◆ [疑問詞] ＋も＋ [否定] ／1. 也（不）…；2. 無論…都…

→ 接續方法：{疑問詞} ＋も＋〜ません

【全面否定】

（1）教室の中に誰もいません。
　　きょうしつ　なか　だれ
　　教室裡空無一人。

（2）そのこと、私は何も知りません。
　　　　　　わたし　なに　し
　　那件事我一無所知。

【全面肯定】

（1）この店の料理はどれもおいしいです。
　　　　みせ　りょうり
　　這家店的每道料理都美味可口。

練習

Ⅰ [a,b] の中から正しいものを選んで、○をつけなさい。
　　　　　なか　　ただ　　　　　　えら

① のどが渇きましたね。　（a. どこか　　b. なにか）　飲みましょうか。
　　　　かわ　　　　　　　　　　　　　　　　　　　　　の

② 私は日曜日には　（a. どこへも　　b. どこか）　行きませんでした。
　わたし　にちようび　　　　　　　　　　　　　　　　い

③ お金と時間、どちら　（a. も　　b. へも）　ほしいです。
　かね　じかん

④ 日曜日なので、どこ　（a. に　　b. も）　人でいっぱいです。
　にちようび　　　　　　　　　　　　　　ひと

Ⅱ 下の文を正しい文に並べ替えなさい。＿＿＿＿に数字を書きなさい。
　した　ぶん　ただ　ぶん　なら　か　　　　　　　　　　すうじ　か

① あの人　＿＿＿　＿＿＿　＿＿＿　＿＿＿　があります。
　　　ひと

　　1. と　　2. こと　　3. 会った　　4. どこかで
　　　　　　　　　　　　　　あ

② ＿＿＿　＿＿＿　＿＿＿　＿＿＿　でした。

　　1. いません　　2. に　　3. 家　　4. 誰も
　　　　　　　　　　　　　　いえ　　だれ

25 指示詞の使用（１）
／指示詞的使用（１）

◆ これ、それ、あれ、どれ ／1.這個；2.那個；3.那個；4.哪個

【事物－近稱】
(1) これは何という野菜ですか。
這種蔬菜的名稱叫什麼呢？

【事物－中稱】
(1) 英語の本はそれです。
英文書是那一本。

【事物－遠稱】
(1)「あれは八百屋ですか。」「いいえ、あれはコンビニですよ。」
「那家是菜販嗎？」「不是，那是便利商店喔！」

【事物－不定稱】
(1) どれが一番安いですか。
哪一個最便宜呢？

◆ この、その、あの、どの ／1.這…；2.那…；3.那…；4.哪…

→ 接續方法：この、その、あの、どの＋｛名詞｝

【連體詞－近稱】
(1) この喫茶店で食べましょうか。
在這家咖啡廳用餐吧？

單字及補充

|野菜 蔬菜，青菜 ｜英語 英語，英文 ｜難しい 難，困難，難辦；麻煩，複雜 ｜易しい 簡單，容易，易懂 ｜意味（詞句等）意思，含意，意義 ｜忘れる 忘記，忘掉；忘懷，忘卻；遺忘
｜八百屋 蔬果店，菜舖 ｜いいえ（用於否定）不是，不對，沒有 ｜一番 最初，第一；最好，最優秀
｜喫茶店 咖啡店 ｜頼む 請求，要求；委託，託付；依靠 ｜所（所在的）地方，地點 ｜大使館 大使館 ｜近く 附近，近旁；（時間上）近期，即將 ｜辺 附近，一帶；程度，大致

【連體詞－中稱】────────────

（1）その椅子に座っている人は誰ですか。
坐在那張椅子上的人是誰呢？

【連體詞－遠稱】────────────

（1）あの果物は何ですか。
那是什麼水果呢？

【連體詞－不定稱】────────────

（1）どのネクタイにしますか。
您想要哪一條領帶呢？

練習

I [a,b] の中から正しいものを選んで、○をつけなさい。

① 「 （a. あの　　b. あちら）　きれいな女の人は誰ですか。」「中山さんです。」

② （a. どれ　　b. これ）　は自転車の鍵です。

③ （a. これ　　b. この）　はあなたの本ですか。

④ （a. そこ　　b. それ）　は日本の車です。

⑤ （a. どれ　　b. どの）　席がいいですか。

II 下の文を正しい文に並べ替えなさい。＿＿＿＿＿ に数字を書きなさい。

① ＿＿＿＿ ＿＿＿＿ ＿＿＿＿ ＿＿＿＿ 甘いです。

　　1. ケーキ　　2. は　　3. この　　4. とても

② ＿＿＿＿ ＿＿＿＿ ＿＿＿＿ ＿＿＿＿ 本です。

　　1. は　　2. の　　3. 木村さん　　4. それ

文法一點通

　　「これ、それ、あれ、どれ」表事物，用來代替說話人想指的某個事物；「この、その、あの、どの」表連體詞，是指示連體詞，兩者最大的差異在於「この、その、あの、どの」後面一定要接名詞，才能代替提到的人事物喔！

26 指示詞の使用（2）

Track 26

◆ ここ、そこ、あそこ、どこ ／1.這裡；2.那裡；3.那裡；4.哪裡

【場所－近稱】

（1）ここは姉と 妹 の部屋です。
あね　いもうと　へ や
這裡是姊姊和妹妹的房間。

【場所－中稱】

（1）ちょっとそこに座ってください。
すわ
請在那裡坐一會兒。

【場所－遠稱】

（1）あそこに猫がいます。
ねこ
有貓在那裡。

【場所－不定稱】

（1）お巡りさん、駅はどこですか。
まわ　　　えき
警察先生，請問車站在哪裡呢？

◆ こちら、そちら、あちら、どちら
／1.這邊、這位；2.那邊、那位；3.那邊、那位；4.哪邊、哪位

【方向－近稱】

（1）こちらは大学の友達です。
だいがく　ともだち
這位是我大學的朋友。

單字及補充

│お巡りさん（俗稱）警察，巡警 │警官 警官，警察 │ゼロ【zero】（數）零；沒有 │零（數）零；
まわ　　　　　　　　　　　　　　けいかん　　　　　　　　　　　　　　　　　　　　　　　　　　　　　　れい
沒有 │一つ（數）一；一個；一歲 │二つ（數）二；兩個；兩歲 │三つ（數）三；三個；三歲 │四つ（數）
ひと　　　　　　　　　　　　　　ふた　　　　　　　　　　　　　　みっ　　　　　　　　　　　　　　よっ
四個；四歲 │五つ（數）五個；五歲；第五（個）│六つ（數）六；六個；六歲 │七つ（數）七個；七歲
いつ　　　　　　　　　　　　　　　　　　　　　むっ　　　　　　　　　　　　　なな
│八つ（數）八；八個；八歲 │九つ（數）九個；九歲 │十（數）十；十個；十歲 │二十歳 二十歳
やっ　　　　　　　　　　ここの　　　　　　　　　　　　とお　　　　　　　　　　　　は た ち
│ボタン【（葡）botão・（英）button】釦子，鈕釦；按鍵 │押す 推，擠；壓，按；蓋章
お

56

【方向－中稱】

（1）そちらはどんな天気ですか。
你那邊天氣如何？

【方向－遠稱】

（1）公園はあちらです。
公園在那邊。

【方向－不定稱】

（1）黒いボタンは二つありますが、どちらを押しますか。
有兩顆黑色的按鈕，要按哪邊的？

練習

Ⅰ [a,b] の中から正しいものを選んで、○をつけなさい。

① 大使館は （a. どれ　　b. どこ） にありますか。

② 赤いのと白いのがありますが、 （a. どちら　　b. どの） にしますか。

③ （a. どちら　　b. ここ） は駅の入り口です。

④ （a. こちら　　b. そちら） は今何時ですか。

⑤ 失礼ですが、お国は （a. どちら　　b. どう） ですか。

Ⅱ 下の文を正しい文に並べ替えなさい。＿＿＿ に数字を書きなさい。

① 男の子と ＿＿＿ ＿＿＿ ＿＿＿ ＿＿＿ ですか。

　　1. ほしい　　2. 女の子　　3. が　　4. どちら

② ＿＿＿ ＿＿＿ ＿＿＿ ＿＿＿ お座りください。

　　1. の　　2. に　　3. そちら　　4. 椅子

文法一點通

　「こちら、そちら、あちら、どちら」是方向指示代名詞。也可以用來指人，指第三人稱的「這位」等；「この方、その方、あの方、どの方」是尊敬語，指示特定的人物。也是指第三人稱的人。但「こちら」可以指「我，我們」，「この方」就沒有這個意思。「こちら」等可以按「さま」，「この方」等就不可以。

27 形容詞の表現（1）
／形容詞的表現（1）

◆ 形容詞（現在肯定／現在否定）

【現在肯定】

（1）この部屋は明るいです。
へや　あか
這間房間通透明亮。

【現在否定】

（1）このコーヒーは温かくないです。
あたた
這杯咖啡不熱。

【未來】

（1）来週は暑くなるでしょう。
らいしゅう　あつ
看來下週將會變得炎熱。

◆ 形容詞（過去肯定／過去否定）

【過去肯定】

（1）駅は人が多かったです。
えき　ひと　おお
當時車站裡滿滿的人潮。

【過去否定】

（1）今年の冬は寒くありませんでした。
ことし　ふゆ　さむ
今年冬天並不是特別寒冷。

單字及補充

┃暑い（天氣）熱，炎熱 ┃涼しい 涼爽，涼爽 ┃多い 多，多的 ┃大勢 很多人，眾多人；人數
あつ　　　　　　　　　　　すず　　　　　　　　　おお　　　　　　　　おおぜい
很多 ┃少ない 少，不多 ┃少し 一下子；少量，稍微，一點 ┃無い 沒，沒有；無，不在 ┃足
　　　　すく　　　　　　　　　すこ　　　　　　　　　　　　　　　　な
腳；（器物的）腿 ┃手 手，手掌；胳膊 ┃頭 頭；頭髮；（物體的上部）頂端 ┃顔 臉，面孔；面子，
　　　　　　　　　て　　　　　　　　　あたま　　　　　　　　　　　　　　　　　　かお
顔面 ┃長い（時間、距離）長，長久，長遠 ┃短い（時間）短少；（距離，長度等）短，近 ┃太い
　　　　なが　　　　　　　　　　　　　　　　みじか　　　　　　　　　　　　　　　　　　　　　ふと
粗，肥胖 ┃丸い・円い 圓形，球形 ┃細い 細，細小；狹窄 ┃汚い 骯髒；（看上去）雜亂無章，
　　　　まる　　まる　　　　　　　ほそ　　　　　　　　きたな
亂七八糟 ┃並ぶ 並排，並列，列隊 ┃並べる 排列；並排；陳列；擺，擺放
　　　　　なら　　　　　　　　　なら

（2）庭が広くなかったです。
にわ　ひろ
庭院原本並不寬敞。

◆ 形容詞く＋て ／ 1. …然後；2. 又…又…；3. 因為…

→ 接續方法：｛形容詞詞幹｝＋く＋て

【停頓】

（1）彼女は美しくて、足が長いです。
かのじょ　うつく　　　あし　なが
她出落得婷婷玉立，還有一雙長腿。

【並列】

（1）あなたの字は小さくて汚いです。
じ　ちい　　きたな
你的字又小又難看。

【原因】

（1）暑くて、気分が悪いです。
あつ　　きぶん　わる
太熱了，身體不舒服。

練習

Ⅰ [a,b] の中から正しいものを選んで、○をつけなさい。
なか　　　ただ　　　　　えら

① ここは緑が　（a. 多くて　　b. 多かった）　広いです。
みどり　　　　おお　　　　　おお　　　　ひろ

② 去年の冬は雪が　（a. 多かった　　b. 多い）　です。
きょねん　ふゆ　ゆき　　　　おお　　　　　おお

③ 登った山は　（a. 高だった　　b. 高くなかった）　です。
のぼ　　やま　　　　たか　　　　　たか

④ 今のテレビは　（a. 面白く　　b. 面白いでは）　ありません。
いま　　　　　　　おもしろ　　　おもしろ

Ⅱ 下の文を正しい文に並べ替えなさい。＿＿＿に数字を書きなさい。
した　ぶん　ただ　ぶん　なら　か　　　　　　　　　　　すうじ　か

① ＿＿＿　＿＿＿　＿＿＿　＿＿＿　です。

　1. とっても　　2. パーティー　　3. 楽しかった　　4. は
　　　　　　　　　　　　　　　　　　たの

② この店は　＿＿＿、＿＿＿　＿＿＿　＿＿＿　です。
みせ

　1. おいしくて　　2. が　　3. 人　　4. 多い
　　　　　　　　　　　ひと　　おお

28 形容詞の表現（2）
／形容詞的表現（2）

◆ 形容詞く＋動詞

→ 接續方法：{形容詞詞幹} ＋く＋ {動詞}

【修飾動詞】─────────────────

(1) 今日早く出かけます。
きょうはや　　で
今天提前出門。

(2) ここを強く押します。
つよ　お
請用力按下這裡。

(3) 誰が一番早く来ましたか。
だれ　いちばんはや　き
最早來的是誰？

◆ 形容詞＋名詞　　／1. …的…；2.「這…（この）」等（連體詞）

→ 接續方法：{形容詞基本形} ＋ {名詞}

【修飾名詞】─────────────────

(1) もっと広い部屋に住みたいです。
ひろ　へや　す
我想住在更寬敞的房間。

(2) 熱いお風呂に入ります。
あつ　ふろ　はい
我要去洗個熱呼呼的熱水澡。

單字及補充

｜早い（時間等）快，早；（動作等）迅速　｜強い 強悍，有力；強壯，結實；擅長的　｜弱い 弱的；
はや　　　　　　　　　　　　　　　　　　　つよ　　　　　　　　　　　　　　　　　　　　　　　　　よわ
不擅長　｜住む 住，居住；（動物）棲息，生存　｜食堂 食堂，餐廳，飯館　｜頂きます（吃飯前的
す　　　　　　　　　　　　　　　しょくどう　　　　　　　　　いただ
客套話）我就不客氣了　｜御馳走様でした 多謝您的款待，我已經吃飽了　｜いらっしゃい（ませ）
ごちそうさま
歡迎光臨　｜甘い 甜的；甜蜜的　｜辛い・鹹い 辣，辛辣；鹹的；嚴格　｜もう 另外，再　｜白い
あま　　　　　　　　　から　　　　　　　　　　　　　　　　　　　　　　　　　　　　　　しろ
白色的；空白；乾淨，潔白　｜黒い 黑色的；褐色；骯髒；黑暗　｜黄色い 黃色，黃色的　｜茶色
くろ　　　　　　　　　　　　　　　　き　いろ　　　　　　　　　ちゃいろ
茶色　｜緑 綠色　｜赤い 紅的
みどり　　　　あか

【連體詞修飾名詞】

（1）この食堂は新しいですね。
　　　這家餐廳是新開的吧。

◆ 形容詞＋の ／…的

→ 接續方法：｛形容詞基本形｝＋の

【修飾の】

（1）もう少し大きいのはありますか。
　　　請問有稍微大一點的嗎？

（2）「この白いのは何ですか。」「砂糖です。」
　　　「這白白的是什麼？」「砂糖。」

（3）かばんはあの黄色いのがいいです。
　　　我包包要那個黃色的。

練習

Ⅰ [a,b] の中から正しいものを選んで、○をつけなさい。

① 声を　（a. 小さな　　b. 小さく）　話してください。

② （a. 小さな　　b. 小さくて）　犬が好きです。

③ （a. 新しいの　　b. 新しい）　友達ができました。

④ もっと　（a. 安い　　b. 安く）　のはありますか。

Ⅱ 下の文を正しい文に並べ替えなさい。＿＿＿に数字を書きなさい。

① コーヒー ＿＿＿ ＿＿＿ ＿＿＿ ＿＿＿ ください。

　　1. の　　2. 冷たい　　3. を　　4. は

② ＿＿＿ ＿＿＿ ＿＿＿ ＿＿＿ ください。

　　1. 少し　　2. 大きく　　3. もう　　4. 書いて

29 形容動詞の表現（1）
／形容動詞的表現（1）

◆ 形容動詞（現在肯定／現在否定）

【現在肯定】

（1）今晩は月がきれいです。
　　　こんばん　　つき
　　　今夜的月色美麗迷人。

【疑問】

（1）先生は親切ですか。
　　　せんせい　　しんせつ
　　　老師是個親切的人嗎？

【現在否定】

（1）この学校は有名ではありません。
　　　　　がっこう　　ゆうめい
　　　這所學校不是很知名。

【未來】

（1）ここは夜になると、静かです。
　　　　　　よる　　　　　しず
　　　這裡到了夜晚便悄然無聲。

◆ 形容動詞（過去肯定／過去否定）

【過去肯定】

（1）若いときの祖母はとてもきれいでした。
　　　わか　　　　　そ　ぼ
　　　祖母年輕時非常美麗。

單字及補充

| 今晚 今天晚上，今夜 | 毎晚 每天晚上 | 夜 晚上，夜裡 | 晚 晚，晚上 | 夕べ 昨天晚上，昨
こんばん｜まいばん｜よる｜ばん｜ゆう
夜；傍晚 | 夕方 傍晚 | 綺麗 漂亮，好看；整潔，乾淨 | 有名 有名，聞名，著名 | 静か 靜止；
ゆうがた｜きれい｜ゆうめい｜しず
平靜，沈穩；慢慢，輕輕 | 若い 年輕；年紀小；有朝氣 | とても 很，非常；（下接否定）無論如何
わか
也… | 大変 很，非常，太；不得了 | 本当 真正 | 何時も 經常，隨時，無論何時 | 時々 有時，
たいへん｜ほんとう｜いつ｜ときどき
偶爾 | 賑やか 熱鬧，繁華；有説有笑，鬧哄哄
にぎ

【過去否定】

（1）子どものころ、この駅は便利ではありませんでした。
小時，這座車站的交通並不方便。

（2）村の生活は、便利ではなかったです。
當時村子裡的生活並不方便。

◆ 形容動詞で ／ 1.…然後；2. 又…又…；3. 因為…

→ 接續方法：{形容動詞詞幹} ＋で

【停頓】

（1）あなたの家はいつもにぎやかで、いいですね。
你家總是熱熱鬧鬧的，好羨慕喔！

【並列】

（1）彼女は元気で明るい人です。
她是個充滿活力且性格開朗的人。

【原因】

（1）日曜日は暇で、部屋を掃除しました。
星期日很閒，於是就來打掃房間。

練習

Ⅰ [a,b] の中から正しいものを選んで、○をつけなさい。

① この靴は （a. 丈夫で　　b. 丈夫に） 安いです。

② 小さい頃、この家は （a. 立派です　　b. 立派でした） 。

③ あの時、リンさんは日本語が （a. 上手はなかったです　b. 上手ではありませんでした） 。

④ ここは （a. 賑やかなので　　b. 賑やかで） 、駅に近い。

Ⅱ 下の文を正しい文に並べ替えなさい。＿＿＿ に数字を書きなさい。

① わたし ＿＿＿ ＿＿＿ ＿＿＿ ＿＿＿ ではなかった。

　1. 体　　2. 丈夫　　3. は　　4. が

② 子どもの ＿＿＿ ＿＿＿ ＿＿＿ ＿＿＿ ではありませんでした。

　1. とき　　2. 野菜　　3. 好き　　4. が

30 形容動詞の表現（２）
／形容動詞的表現（２）

◆ 形容動詞に＋動詞　／…得

→ 接續方法：｛形容動詞詞幹｝＋に＋｛動詞｝

【修飾動詞】────────────

（1）ケーキを上手に作りました。
　　　　　　じょう ず　　つく
　　烤出了一顆出色的蛋糕。

（2）生徒たちは静かに勉強しています。
　　　せい と　　　　しず　　べんきょう
　　學生們正在安靜地讀書。

（3）桜がきれいに咲きました。
　　　さくら　　　　　さ
　　那時櫻花開得美不勝收。

◆ 形容動詞な＋名詞　／…的…

→ 接續方法：｛形容動詞詞幹｝＋な＋｛名詞｝

【修飾名詞】────────────

（1）素敵な帽子ですね。どこで買ったんですか。
　　　す てき　ぼう し　　　　　　　か
　　好漂亮的帽子呀！在哪裡買的呢？

（2）今は簡単な料理が多いです。
　　　いま　かんたん　りょうり　おお
　　現在大多是些簡單的菜色。

（3）いろいろな国へ行きたいです。
　　　　　　　　くに　い
　　我的願望是周遊列國。

單字及補充

┃生徒（中學，高中）學生　┃学生 學生（主要指大專院校的學生）　┃クラス【class】（學校的）班級；
　せい と　　　　　　　　　　　がくせい
階級，等級　┃作文 作文　┃問題 問題；（需要研究，處理，討論的）事項　┃勉強 努力學習，唸書
　　　　　　　さくぶん　　　　もんだい　　　　　　　　　　　　　　　　　　　　　　べんきょう
┃咲く 開（花）　┃入れる 放入，裝進；送進，收容；計算進去　┃切る 切，剪，裁剪；切傷　┃差す
　さ　　　　　　い　　　　　　　　　　　　　　　　　　　　　　　き
撑（傘等）；插　┃取る 拿取，執，握；採取，摘；（用手）操控　┃色々 各種各樣，各式各樣，形形色色
　　　　　　　　　と　　　　　　　　　　　　　　　　　　　　　　いろいろ
┃色 顏色，彩色　┃国 國家；國土；故鄉　┃丈夫（身體）健壯，健康；堅固，結實　┃大丈夫 牢固，
　いろ　　　　　　くに　　　　　　　　　　じょうぶ　　　　　　　　　　　　　　　　　だいじょうぶ
可靠；放心，沒問題，沒關係

◆ 形容動詞な＋の ／…的

→ 接續方法：｛形容動詞詞幹｝＋な＋の

【修飾の】

（1）もっと便利なのはありますか。
有更方便的選項嗎？

（2）一番丈夫なのをください。
請給我最耐用的那種。

（3）きれいなのが好きです。
喜歡漂亮的。

練習

I [a,b] の中から正しいものを選んで、○をつけなさい。

① どうぞ、あなたの （a. 好きな　 b. 好きなの） を取ってください。

② 母はお金を （a. 大切に　 b. 大切で） 使っています。

③ 息子は （a. 立派の　 b. 立派な） 大人になりました。

④ 鈴木さんは茶碗やコップを （a. きれい　 b. きれいに） 洗いました。

II 下の文を正しい文に並べ替えなさい。＿＿＿＿に数字を書きなさい。

① この中で、＿＿＿＿ ＿＿＿＿ ＿＿＿＿ ＿＿＿＿ 誰ですか。

　　1. きれいな　 2. 一番　 3. は　 4. の

② ＿＿＿＿ ＿＿＿＿ ＿＿＿＿ ＿＿＿＿、なくさないでください。

　　1. です　 2. から　 3. 大切な　 4. 紙

文法一點通

　　要修飾後面的動詞時，把形容動詞詞尾「だ」改成「に」，以「形容動詞に＋動詞」的形式，表示狀態。若是形容詞的話，詞尾要從「い」改成「く」，以「形容詞く＋動詞」的形式，也表示狀態。

31 動詞の表現（１）
／動詞的表現（１）

◆ 動詞（現在肯定／現在否定） ／1.（要）…；2.沒…、不…；3.將要…

【現在肯定】

（1）右に曲がります。
　　みぎ　　ま
　　右轉。

【現在否定】

（1）お酒は飲みません。
　　さけ　　の
　　我不喝酒。

【未來】

（1）来年アメリカに行く。
　　らいねん　　　　　い
　　明年要去美國。

◆ 動詞（過去肯定／過去否定） ／1.…了；2.（過去）不…

【過去肯定】

（1）本を読みました。
　　ほん　よ
　　讀了書。

【過去否定】

（1）日曜日はどこへも行きませんでした。
　　にちようび　　　　　　　い
　　星期天哪裡也沒去。

（2）昨日は宿題をしませんでした。
　　きのう　しゅくだい
　　我昨天沒寫作業。

單字及補充

| 右 右，右側，右邊，右方 | 左 左，左邊；左手 | 上（位置）上面，上部 | 下（位置的）下，
みぎ　　　　　　　　　　　ひだり　　　　　　　　　　　うえ　　　　　　　　　　　した
下面，底下；年紀小 | 中 裡面，內部；其中 | 外 外面，外邊；戶外 | 曲がる 彎曲；拐彎
　　　　　　　　　　なか　　　　　　　　　　そと　　　　　　　　　　まが
| 真っ直ぐ 筆直，不彎曲；一直，直接 | 飲む 喝，吞，嚥，吃（藥） | 宿題 作業，家庭作業
ます　　　　　　　　　　　　　　　　　の　　　　　　　　　　　しゅくだい
| トイレ【toilet】 廁所，洗手間，盥洗室 | 入る 進，進入；裝入，放入 | 出る 出來，出去；離開
　　　　　　　　　　　　　　　　　　はい　　　　　　　　　　　で

◆ 動詞 (基本形)

→ 接續方法：{動詞詞幹} ＋動詞詞尾 (如：る、く、む、す)

【辭書形】───────────────────

    (1) 家を出る。
　　　いえ　で
　　　　離開家。

    (2) シャワーを浴びる。
　　　　　　　　　あ
　　　　　淋浴。

    (3) トイレに入る。
　　　　　　　はい
　　　　　進入廁所。

練習 ──────────────────────────

Ⅰ [a,b] の中から正しいものを選んで、○をつけなさい。
　　　　なか　　ただ　　　　　　　えら

① かばんを　(a. 買います　　b. 買いになります)　。
　　　　　　　　か　　　　　　　か

② 荷物はどうしても　(a. 見つかりました　　b. 見つかりませんでした)　。
　にもつ　　　　　　　　　　み　　　　　　　　　　　　　み

③ 息子と公園で　(a. 遊ぶ　　b. 遊んだ)　ときに使う玩具を買いました。
　むすこ　こうえん　　　あそ　　　あそ　　　　　　　つか　おもちゃ　か

④ 昨日は映画を　(a. 見たです　　b. 見ました)　。
　きのう　えいが　　　　み　　　　　　　　み

Ⅱ 下の文を正しい文に並べ替えなさい。_____ に数字を書きなさい。
　　した　ぶん　ただ　ぶん　なら　か　　　　　　　　すうじ　か

① 3年後 _____ _____ _____ _____。
　さんねんご

　　1. を　　2. 大学　　3. に　　4. 卒業する
　　　　　　　　だいがく　　　　　　　　そつぎょう

② あの店 _____ _____ _____、_____。
　　みせ

　　1. 高い　　2. は　　3. 行きません　　4. から
　　　たか　　　　　　　　い

文法一點通 ──────────────────────

「動詞基本形」也叫「辭書形」等，是比較隨便的說法，一般用在關係跟自己比較親近的人之間。相對地，動詞敬體「動詞～ます」叫ます形，說法尊敬，一般用在對長輩及陌生人之間，又叫「禮貌體」等。

32 動詞の表現（2）

／動詞的表現（2）

◆ 動詞＋名詞　／…的…

→ 接続方法：｛動詞普通形｝ ＋ ｛名詞｝

【修飾名詞】

（1）晴れた日は、富士山が見えます。
　　　在天氣晴朗的日子能看到富士山。

（2）わからないことは聞いてください。
　　　有不懂的地方請發問。

（3）借りた金を返します。
　　　歸還借款。

◆ が＋自動詞

→ 接続方法：｛名詞｝ ＋が＋ ｛自動詞｝

【無意圖的動作】

（1）窓が開きます。
　　　窗戶打開。

（2）仕事が終わります。
　　　工作告終。

（3）雪が降ります。
　　　下雪。

單字及補充

| 借りる 借進（錢、東西等）；借助　| 貸す 借出，借給；出租；提供幫助（智慧與力量）　| 開く 開，打開；開始，開業　| 開ける 打開，開（著）；開業　| 終わる 完畢，結束，終了　| 始まる 開始，開頭；發生　| 始める 開始，創始　| 雪 雪　| 降る 落，下，降（雨，雪，霜等）　| 靴 鞋子　| 靴下 襪子　| スリッパ【slipper】室內拖鞋　| 履く・穿く 穿（鞋，襪；褲子等）　| ドア【door】（大多指西式前後推開的）門；（任何出入口的）門　| 門 門，大門　| 戸（大多指左右拉開的）門；大門

◆ を＋他動詞

→ 接續方法：{名詞}＋を＋{他動詞}

【有意圖的動作】────────────────

(1) 靴を履きます。
くつ　は
穿鞋。

(2) ドアを開けてください。
あ
請開門。

(3) 今日は学校を休みたいです。
きょう　がっこう　やす
今天想請假不上學。

練習

Ⅰ [a,b] の中から正しいものを選んで、○をつけなさい。
なか　ただ　えら

① 新しく （a. 習った　　b. 習いました） 漢字を書きます。
あたら　　　なら　　　　　なら　　　　かんじ　か

② シャワー （a. に　　b. を） 浴びます。
あ

③ ここを押すと電気 （a. が　　b. を） つきます。
お　でんき

④ （a. 書いた　　b. 書く） ノートがどこにあるかわからない。
か　　　　　か

Ⅱ 下の文を正しい文に並べ替えなさい。_____ に数字を書きなさい。
した　ぶん　ただ　ぶん　なら　か　　　　　　　すうじ　か

① 家の前 _____ _____ _____ _____。
いえ　まえ

　　1. 車　　2. 止まりました　　3. が　　4. に
　　くるま　　と

② 日本語で _____ _____ _____ _____ です。
にほんご

　　1. たい　　2. を　　3. インターネット　　4. 使い
　　　　　　　　　　　　　　　　　　　つか

文法一點通

　　「が＋自動詞」通常是指自然力量所產生的動作，譬如「ドアが閉まりました」（門關了起來）表示門可能因為風吹，而關了起來；「を＋他動詞」是指某人刻意做的動作，例如「ドアを閉めました」（把門關起來）表示某人基於某個理由，而把門關起來。

33 動詞の表現（３）
／動詞的表現（３）

◆ 動詞＋て ／ 1. 因為；2. 又…又…；3. …然後；4. 用…；5. …而…

→ 接續方法：{動詞て形}＋て

【原因】————————————————————

（1）たくさん歩いて、疲れました。
　　　　　　あ　　　　　つか
　　　走了漫漫長路，已經疲憊不堪了。

【並列】————————————————————

（1）女は青い服を着て、黒い眼鏡をかけています。
　　　おんな　あお　ふく　き　　　くろ　めがね
　　　她身穿藍色衣著，戴著黑框眼鏡。

【動作順序】————————————————————

（1）山に登って、山の上でお弁当を食べました。
　　　やま　のぼ　　　やま　うえ　　べんとう　た
　　　登上山，並在山上享用了便當。

【方法】————————————————————

（1）窓を開けて、部屋を涼しくします。
　　　まど　あ　　　へや　すず
　　　打開窗，讓房間變涼快。

【對比】————————————————————

（1）行きたい人は行って、行きたくない人はここにいなさい。
　　　い　　　ひと　い　　　い　　　　ひと
　　　想去的人前往，不想去的人請留在這裡。

◆ 動詞ないで ／ 1. 沒…就…；2. 沒…反而…、不做…，而做…

→ 接續方法：{動詞否定形}＋ないで

單字及補充

| 疲れる 疲倦，疲勞 | 青い 藍的，綠的，青的；不成熟 | 眼鏡 眼鏡 | 山 山；一大堆，成堆如山
つか　　　　　　　　　　　あお　　　　　　　　　　　　　　　　めがね　　　　　　　　　やま
| 岩 岩石 | 登る 登，上；攀登（山）| お弁当 便當 | 煙草 香煙；煙草 | 灰皿 菸灰缸 | マッチ
いわ　　　　のぼ　　　　　　　　　　べんとう　　　　　たばこ　　　　　　　　はいざら
【match】火柴；火材盒 | 吸う 吸，抽；啜；吸收
　　　　　　　　　　す

【附帶】────────────────────

(1) 家を出ないで、仕事をします。
不出門，在家工作。

【對比】────────────────────

(1) いつも電車に乗りますが、今日は電車に乗らないで、
自転車に乗ります。
平時總是搭乘電車，而今日不搭車改騎腳踏車。

◆ **動詞なくて** ／因為沒有…、不…所以…

→ 接續方法：{動詞否定形} ＋なくて

【原因】────────────────────

(1) 単語を知らなくて、書けません。
不認識這個單字，所以不會寫。

(2) たばこを吸わなくて、体が丈夫です。
因為不抽菸，所以身強體壯。

(3) 熱が下がらなくて、病院に行きました。
高燒遲遲沒退，所以去了醫院。

練習 ────────────────────

I [a,b] の中から正しいものを選んで、○をつけなさい。

① 晩ご飯を　（a. 食べなくて　　b. 食べないで）　寝ます。

② お金が　（a. なかった　　b. なくて）、困っています。

③ 姉はいつも朝ご飯を　（a. 食べないで　　b. 食べない）、会社へ行きます。

④ 辞書を　（a. 引いて　　b. 引かて）、新しい言葉を覚えます。

II 下の文を正しい文に並べ替えなさい。_____ に数字を書きなさい。

① _____ _____ _____ _____ 出ました。

　　1. 買わないで　　2. お店　　3. 何も　　4. を

② 山田さんは _____ _____ _____。

　　1. を　　2. 仕事　　3. 困ります　　4. しなくて

34 動詞の表現（４）

／動詞的表現（４）

◆ 動詞＋ています ／正在…

→ 接続方法：{動詞て形} ＋います

【動作的持續】────────────

(1) 今朝から雨が降っています。
今早就下起雨來。

(2) 今、何をしていますか。
你現在在做什麼呢？

(3) 兄は料理をしています。
哥哥正在做料理。

◆ 動詞＋ています ／都…

→ 接続方法：{動詞て形} ＋います

【動作的反覆】────────────

(1) 彼はいつも帽子をかぶっています。
他總是戴著帽子。

(2) 村上さんは授業中、いつも寝ています。
村上同學總是在課堂上睡覺。

(3) 李さんはよく図書館で勉強しています。
李同學常在圖書館裡用功讀書。

單字及補充

│被る 戴（帽子等）；（從頭上）蒙，蓋（被子）；（從頭上）套，穿 │授業 上課，教課，授課 │病院 醫院 │教える 教授；指導；教訓；告訴 │レストラン【(法) restaurant】西餐廳 │お皿 盤子（「皿」的鄭重説法）│茶碗 碗，茶杯，飯碗 │スプーン【spoon】湯匙 │フォーク【fork】叉子，餐叉 │ナイフ【knife】刀子，小刀，餐刀 │箸 筷子，箸 │グラス【glass】玻璃杯；玻璃 │コップ【(荷) kop】杯子，玻璃杯 │カップ【cup】杯子；（有把）茶杯 │枚（計算平薄的東西）…張，…片，…幅，…扇 │洗う 沖洗，清洗；洗滌

◆ 動詞＋ています　／做…、是…

→ 接續方法：{動詞て形}＋います

【工作】

(1) 彼女は病院で働いています。
かのじょ　びょういん　はたら
她在醫院上班。

(2) 姉は塾で英語を教えています。
あね　じゅく　えいご　おし
姐姐在補習班教英語。

(3) 私はレストランでお皿を洗っています。
わたし　　　　　　　さら　あら
我在餐廳負責洗碗。

練習

I [a,b] の中から正しいものを選んで、○をつけなさい。
なか　ただ　えら

① 毎朝早く起きて、公園まで　（a. 走っています　　b. 走りました）。
まいあさはや　お　　こうえん　　　　　　はし　　　　　　　　　　はし

② マリさんは今テレビを　（a. 見っています　　b. 見ています）。
いま　　　　　　　　　み　　　　　　　　　　み

③ 毎日いつも３時ごろおやつを　（a. 食べません　　b. 食べています）。
まいにち　　さんじ　　　　　　　　　た　　　　　　　　　た

④ 私の兄は今年から銀行に　（a. 勤めています　　b. 勤めましょう）。
わたし　あに　ことし　ぎんこう　　　つと　　　　　　　　つと

II 下の文を正しい文に並べ替えなさい。＿＿＿ に数字を書きなさい。
した　ぶん　ただ　ぶん　なら　か　　　　　　　　　すうじ　か

① 交番の前 ＿＿＿ ＿＿＿ ＿＿＿ ＿＿＿ います。
こうばん　まえ

　1. に　　2. 立って　　3. が　　4. おまわりさん
　　　　　　　た

② 父は ＿＿＿ ＿＿＿ ＿＿＿ ＿＿＿ しています。
ちち

　1. を　　2. 仕事　　3. アメリカ　　4. で
　　　　　　しごと

文法一點通

「ています」接在職業名詞後面，表示現在在做什麼職業；「ています」表示動作正在進行中。也表示穿戴、打扮或手拿、肩背等狀態保留的樣子。如「ネクタイをしめています／繫著領帶」。

35 動詞の表現 (5)
／動詞的表現 (5)

◆ 動詞＋ています ／已…了

→ 接續方法：｛動詞て形｝＋います

【狀態的結果】

(1) 公園に桜の花が落ちています。
公園裡散落著櫻花。

(2) 電気がついています。
燈是亮著的。

(3) 理恵さんはきれいな服を着ています。
理恵小姐穿著漂亮的衣服。

◆ 自動詞＋ています ／…著、已…了

→ 接續方法：｛自動詞て形｝＋います

【動作的結果－無意圖】

(1) 廊下に花の絵が掛かっています。
走廊掛著以花為主題的畫作。

(2) 隣の部屋は窓が開いています。
隔壁房間的窗子敞開著。

(3) 椅子の下に財布が落ちています。
有個錢包掉在椅子底下。

單字及補充

| 電気 電力；電燈；電器 | 点ける 點（火），點燃；扭開（開關），打開 | 消す 熄掉，撲滅；關掉，弄滅；消失，抹去 | 消える（燈，火等）熄滅；（雪等）融化；消失，看不見 | 着る（穿）衣服 | 脱ぐ 脱去，脱掉，摘掉 | 絵 畫，圖畫，繪畫 | 描く 畫，繪製；描寫，描繪 | 掛かる 懸掛，掛上；覆蓋；花費 | パーティー【party】（社交性的）集會，晚會，宴會，舞會 | 肉 肉 | 鶏肉・鳥肉 雞肉；鳥肉 | 豚肉 豬肉 | 卵 蛋，卵；鴨蛋，雞蛋 | 冷蔵庫 冰箱，冷藏室，冷藏庫

◆ 他動詞＋てあります ／…著、已…了

→ 接續方法：{他動詞て形} ＋あります

【動作的結果－有意圖】

（1）ノートに名前が書いてあります。
筆記本上寫著名字。

（2）パーティーの飲み物は買ってあります。
要在派對上喝的飲料已經買好了。

（3）肉は冷蔵庫に入れてあります。
肉已經放在冰箱裡了。

練習

I [a,b] の中から正しいものを選んで、○をつけなさい。

① お皿はきれいに洗って （a. あります　b. います）。

② 冷蔵庫にビールが入って （a. できます　b. います）。

③ 教室の壁にカレンダーが掛かって （a. します　b. います）。

④ 狭い部屋ですが、いろんな家具が置いて （a. あります　b. いません）。

II 下の文を正しい文に並べ替えなさい。_____ に数字を書きなさい。

① 公園にいろいろな ＿＿＿ ＿＿＿ ＿＿＿ ＿＿＿ 咲いています。

　1. が　2. 色　3. 花　4. の

② 田中さんは白い ＿＿＿ ＿＿＿ ＿＿＿ ＿＿＿。

　1. います　2. を　3. 帽子　4. かぶって

文法一點通

　「ています」接在瞬間動詞之後，表示人物動作結束後的狀態結果。這裡要注意經常一起在考題中出現的「ておきます」，它接在意志動詞之後，表示為了某特定的目的，事先做好準備工作。

36 動詞の表現 (6)

／動詞的表現 (6)

◆ 動詞ながら ／ 1.一邊…一邊…；2.一面…一面…

→ 接續方法：｛動詞ます形｝＋ながら

【同時】

(1) 歌を歌いながら、公園の中を歩きます。
一邊哼著歌，一邊走在公園裡。

(2) 食べながら、話さないでください。
請不要邊吃邊講話。

(3) 仕事をしながら、大学で勉強しました。
那時我一邊工作，一邊讀大學。

(4) 子どもを育てながら、大学に通いました。
想當年我一面養育孩子，一面上大學。

◆ 動詞たり～動詞たりします
／ 1.又是…，又是…；3.一會兒…，一會兒…；4.有時…，有時…

→ 接續方法：｛動詞た形｝＋り＋｛動詞た形｝＋り＋する

【列舉】

(1) 夏は川で魚をとったり遊んだりしています。
每到夏天總會去河裡抓魚和戲水。

單字及補充

┃ながら 邊…邊…，一面…一面… ┃歩く 走路，步行 ┃散歩 散步，隨便走走 ┃走る（人，動物）跑步，奔跑；（車，船等）行駛 ┃話す 説，講；談話；告訴（別人） ┃話 話，説話，講話 ┃口 口，嘴巴 ┃目 眼睛；眼珠，眼球 ┃大学 大學 ┃学校 學校；（有時指）上課 ┃遊ぶ 遊玩；閒著；旅行；沒工作 ┃する 做，進行 ┃行く・行く 去，往；離去；經過，走過 ┃来る（空間，時間上的）來；到來

（2）友達とよくゲームをしたり漫画を読んだりします。
とも だち　　　　　　　　　　　　　　　　　まん が　　よ
常和朋友打打遊戲、看看漫畫。

（3）北海道に行ったら、スキーをしたりしたいです。
ほっかいどう　　い
到了北海道以後，想去滑個雪。

【反覆】

（1）彼は台湾と日本を行ったり来たりしている。
かれ　タイワン　　にほん　　い　　　　き
他總是來回往返台灣和日本。

練習

Ⅰ [a,b] の中から正しいものを選んで、○をつけなさい。
なか　　ただ　　　　　　　えら

① 歩き　（a. ちゅう　　b. ながら）　話しましょう。
ある　　　　　　　　　　　　　　　　　はな

② 子どもの熱が　（a. 上がったり　　b. 上がって）　下がったりしています。
こ　　　ねつ　　　　あ　　　　　　　　　　あ　　　　　　さ

③ 音楽を　（a. 聞く　　b. 聞き）　ながら、本を読みます。
おんがく　　　　き　　　　　　き　　　　　　　　ほん　よ

④ 東京に行ったら、原宿で買い物をし　（a. て　　b. たり）　したいです。
とうきょう　い　　　　　はらじゅく　か　もの

⑤ 休みの日は、本を　（a. 読んだり　　b. 読んたり）　映画を見たりします。
やす　　ひ　　ほん　　　　よ　　　　　　　　よ　　　　　えいが　み

Ⅱ 下の文を正しい文に並べ替えなさい。＿＿＿＿ に数字を書きなさい。
した　ぶん　ただ　　ぶん　なら　か　　　　　　　　　　すうじ　か

① 佐藤さんは体が弱くて、＿＿＿ ＿＿＿ ＿＿＿ ＿＿＿ です。
さ とう　　　　からだ　よわ

　　1. 来なかったり　　2. に　　3. 来たり　　4. 学校
　　　　こ　　　　　　　　　　　　き　　　　　　がっこう

② 昼は ＿＿＿ ＿＿＿ ＿＿＿ ＿＿＿、夜はお店でピアノを弾いています。
ひる　　　　　　　　　　　　　　　　　　　よる　みせ　　　　　　ひ

　　1. ながら　　2. で　　3. 銀行　　4. 働き
　　　　　　　　　　　　　　ぎんこう　　はたら

文法一點通

　　「たり〜たりします」表反覆，用在反覆做某行為，譬如「歌ったり踊ったり」（又唱歌又跳舞）表
うた　　おど
示「唱歌→跳舞→唱歌→跳舞→…」，但如果用「ながら」，它表同時，表示兩個動作是同時進行的。

37 要求、授受、助言と勧誘の表現（１）

／要求、授受、提議及勧誘的表現（１）

◆ 名詞をください ／1.我要…、給我…；2.給我（數量）…

→ 接續方法：{名詞} ＋をください

【請求－物品】

（1）この牛肉をください。
請給我那塊牛肉。

（2）温かいお茶をください。
請給我熱的茶。

（3）パンをもう少しください。
請再給我一點麵包。

◆ 動詞てください ／請…

→ 接續方法：{動詞て形} ＋ください

【請求－動作】

（1）窓を閉めてください。
請關上窗戶。

（2）知りたいことは聞いてください。
有想知道的地方請發問。

（3）ちょっとこっちへ来てください。
請過來這邊一下。

單字及補充

| 牛肉 牛肉 | お茶 茶，茶葉（「茶」的鄭重説法）；茶道 | パン【（葡）pão】麵包 | 食べ物 食物，吃的東西 | 飲み物 飲料 | バター【butter】奶油 | 閉める 關閉，合上；繋緊，束緊 | 閉まる 關閉；關門，停止營業 | 一寸 一下子；（下接否定）不太…，不太容易…；一點點 | 丁度 剛好，正好；正，整 | 動物（生物兩大類之一的）動物；（人類以外，特別指哺乳類）動物 | 鳥 鳥，禽類的總稱；雞 | 鳴く（鳥，獸，虫等）叫，鳴 | 立つ 站立；冒，升；出發

◆ ないでください ／ 1. 請不要… ; 2. 請您不要…

【請求不要】

(1) 写真を撮らないでください。
　　しゃしん　と
　　請不要拍照。

(2) 動物に食べ物をやらないでください。
　　どうぶつ　た　もの
　　請勿餵食動物！

【婉轉請求】

(1) そこに立たないでくださいませんか。
　　　　た
　　可以請您不要站在那邊嗎？

練習

I [a,b] の中から正しいものを選んで、○をつけなさい。
　　なか　ただ　えら

① テキストの 12 ページを　（a. 読んで　　b. 読んだ）ください。
　　　　　　　じゅうに　　　　　　よ　　　　　　よ

② 赤い花を6本　（a. ください　　b. ないでください）。
　　あか　はな　ろっぽん

③ あした宿題を　（a. 忘れなくて　　b. 忘れないで）くださいね。
　　　　しゅくだい　　わす　　　　　　わす

④ ここではたばこを　（a. 吸う　　b. 吸わ）ないでください。
　　　　　　　　　　　　す　　　　　す

II 下の文を正しい文に並べ替えなさい。＿＿＿ に数字を書きなさい。
　　した　ぶん　ただ　ぶん　なら　か　　　　　　すうじ　か

① ハンバーガー ＿＿＿ ＿＿＿ ＿＿＿ ＿＿＿。

　1. ください　　2. を　　3. コーラ　　4. と

② 切符を ＿＿＿ ＿＿＿ ＿＿＿ ＿＿＿ に乗ってください。
　きっぷ　　　　　　　　　　　　　　　　　　　　　の

　1. 電車　　2. から　　3. 先に　　4. 買って
　　でんしゃ　　　　　　　さき　　　　か

文法一點通

　「をください」表示跟對方要求某物品，也表示請求對方為我（們）做某事。如果是「てください」的形式，就表示請求對方做某事。此外「ないでください」因前面接動詞ない形，是請求對方不要做某事的意思。

38 要求、授受、助言と勧誘の表現（２）
／要求、授受、提議及勧誘的表現（２）

◆ 動詞てくださいませんか ／能不能請您…

→ 接續方法：｛動詞て形｝＋くださいませんか

【客氣請求】

(1) ここに書いてくださいませんか。
能否請您寫在這裡呢？

(2) ノートを見せてくださいませんか。
筆記可以借我看嗎？

(3) また明日来てくださいませんか。
您明天會再來嗎？

◆ をもらいます ／取得、要、得到

→ 接續方法：｛名詞｝＋をもらいます

【授受】

(1) 母に暖かいセーターをもらいました。
媽媽給了我一件溫暖的毛衣。

(2) 鈴木さんから古いテレビをもらいました。
從鈴木小姐那裡接收了舊電視機。

(3) よく大阪の友達から葉書をもらいます。
大阪的友人經常寄明信片給我。

單字及補充

｜書く 寫，書寫；作（畫）；寫作（文章等） ｜ノート【notebook 之略】筆記本；備忘錄 ｜見せる
讓…看，給…看 ｜又 還，又，再；也，亦；同時 ｜古い 以往；老舊，年久，老式 ｜セーター
【sweater】毛衣 ｜葉書 明信片 ｜お酒 酒（「酒」的鄭重説法）；清酒 ｜方 方向；方面；（用於並
列或比較屬於哪一）部類，類型 ｜外 其他，另外；旁邊，外部；（下接否定）只好，只有 ｜休み 休
息；假日，休假；停止營業；缺勤；睡覺 ｜柔らかい 柔軟的

◆ ほうがいい ／ 1. 我建議最好…、我建議還是…為好；2.…比較好；3. 最好不要…

→ 接續方法：{名詞の；形容詞辭書形；形容動詞詞幹な；動詞た形} ＋
　　ほうがいい

【勧告】

（1）酒を飲みすぎないほうがいいですよ。
還是不要飲酒過量比較好喔！

【提出】

（1）休みの日は、家にいるほうがいいです。
我放假天比較喜歡待在家裡。

（2）柔らかいソファのほうがいい。
柔軟的沙發比較好。

練習

I [a,b] の中から正しいものを選んで、○をつけなさい。

① 私のパソコンが壊れて、友達に直して　（a. あげました　　b. もらいました）　。

② すみません、ドアを　（a. 開けなくて　　b. 開けて）　くださいませんか。

③ 熱があるときは、お風呂に　（a. 入らない　　b. 入らないで）　ほうがいいですよ。

④ もう1度　（a. 話さないで　　b. 話して）　くださいませんか。

II 下の文を正しい文に並べ替えなさい。＿＿＿＿に数字を書きなさい。

① 山の道を歩くので、この靴を　＿＿＿　＿＿＿　＿＿＿　＿＿＿　です。
　　1. いい　　2. ほう　　3. が　　4. 履いた

② 銀行で、＿＿＿　＿＿＿　＿＿＿　＿＿＿。
　　1. もらいました　　2. カレンダー　　3. 新しい　　4. を

文法一點通

　　「をもらいます」表示授受，表示向他人請求時，從對方那裡得到某物品，或得到對方某些幫助，「をくれる」表示物品受益，表示同輩的對方主動送給我（或我方的人）某物品，或主動幫我（或我方的人）做某事。兩者都含有感謝對方的語意喔！

39 要求、授受、助言と勧誘の表現（3）
／要求、授受、提議及勧誘的表現（3）

◆ 動詞ましょう ／1. 做…吧；2. 就那麼辦吧；3. …吧

→ 接續方法：{動詞ます形}＋ましょう

【勧誘】
(1) 来年、また日本に行きましょう。
らいねん　　　　にほん　い
明年再一起去日本吧！

【主張】
(1)「テニスをしましょう。」「ええ、そうしましょう。」
「一起打網球吧！」「好，就這麼辦！」

【倡導】
(1) 道を渡るときは、手を上げましょう。
みち　わた　　　　　て　あ
過馬路時，請把手舉高！

◆ 動詞ましょうか ／1. 我來（為你）…吧；2. 我們（一起）…吧

→ 接續方法：{動詞ます形}＋ましょうか

【提議】
(1)「荷物を持ちましょうか。」「ありがとう。お願いします。」
　　にもつ　も　　　　　　　　　　　　　　　ねが
「要不要幫忙提行李？」「謝謝，麻煩了。」
(2) タクシーを呼びましょうか。
　　　　　　　よ
我們攔計程車吧？

單字及補充

┃道 路，道路　┃交差点 交差路口　┃橋 橋，橋樑　┃渡る 渡，過（河）；（從海外）渡來　┃渡す 交
みち　　　　　　こうさてん　　　　　　　　はし　　　　　　　　わた　　　　　　　　　　　　　　　　　　　　　　わた
給，交付　┃危ない 危險，不安全；令人擔心；（形勢，病情等）危急　┃止まる 停，停止，停靠；停頓；
　　　　　　あぶ　　　　　　　　　　　　　　　　　　　　　　　　　　　　　　　と
中斷　┃上げる 舉起；抬起　┃荷物 行李，貨物　┃鞄 皮包，提包，公事包，書包　┃持つ 拿，帶，
　　　あ　　　　　　　　　にもつ　　　　　　　　　かばん　　　　　　　　　　　　　　も
持，攜帶　┃どうもありがとうございました 謝謝，太感謝了　┃どういたしまして 沒關係，不
用客氣，算不了什麼　┃呼ぶ 呼叫，招呼；邀請；叫來；叫做，稱為　┃時間 時間，功夫；時刻，鐘
　　　　　　　　　　　　よ　　　　　　　　　　　　　　　　　　　　　　　　　　じかん
點…小時，…點鐘　┃一緒 一塊，一起；一樣；（時間）一齊，同時
　　　　　　　　　　いっしょ

【邀約】

　(1) もう時間ですね。一緒に帰りましょうか。
　　　時間差不多了，一起回家吧！

◆ 動詞ませんか　　／要不要…吧

→ 接續方法：{動詞ます形}＋ませんか

【勧誘】

　(1) 公園でテニスをしませんか。
　　　要不要到公園打網球呢？

　(2) 一緒に京都へ行きませんか。
　　　要不要一起去京都呢？

　(3) 明日一緒に映画を見ませんか。
　　　明天要不要一起看場電影啊？

練習

Ⅰ [a,b] の中から正しいものを選んで、○をつけなさい。

① 食事の前に手を　（a. 洗い　　b. 洗って）ましょう。

② お父さんが帰ったら、晩ご飯を　（a. 食べる　　b. 食べ）ましょう。

③ 暑いですね。エアコンを　（a. つけた　　b. つけ）ましょうか。

④ 仕事のあと、一緒に　（a. 帰り　　b. 帰って）ませんか。

Ⅱ 下の文を正しい文に並べ替えなさい。_____ に数字を書きなさい。

① 一緒に　_____ _____ _____ _____。

　　1. を　　2. ダンス　　3. ましょう　　4. し

② 日曜日の午後、_____ _____ _____ _____。

　　1. ませんか　　2. 山　　3. に　　4. 登り

40 希望と意志の表現
／希望及意志的表現

◆ 名詞がほしい ／ 1. …想要…；2. 不想要…

→ 接続方法：{名詞} ＋が＋ほしい

【希望－物品】

（1）新しい靴がほしいです。
　　想要一雙新鞋。

（2）私は猫がほしいです。
　　我想要養隻貓。

（3）お金はほしくありません。
　　我並不要錢。

◆ 動詞たい ／ 1. 想要…；2. 想要…呢？；3. 不想…

→ 接続方法：{動詞ます形} ＋たい

【希望－行為】

（1）私はこの学校に入りたいです。
　　我想上這所學校。

（2）あなたはどんな医者になりたいですか。
　　你想成為怎麼樣的醫生呢？

（3）日曜日はどこへも行きたくありません。
　　星期天哪兒都不想去。

單字及補充

| 新しい 新的；新鮮的；時髦的 　|お祖父さん・お爺さん 祖父；外公；(對一般老年男子的稱呼）爺爺 　|お祖母さん・お婆さん 祖母；外祖母；(對一般老年婦女的稱呼）老婆婆 　|伯父さん・叔父さん 伯伯，叔叔，舅舅，姨丈，姑丈 　|伯母さん・叔母さん 姨媽，嬸嬸，姑媽，伯母，舅媽

| 猫 貓 　|犬 狗 　|どんな 什麼樣的 　|こんな 這樣的，這種的 　|医者 醫生，大夫 　|為る 成為，變成；當（上） 　|卒業 畢業 　|がる 想，覺得；故做

84

◆ つもり ／ 1.打算、準備；2.不打算；3.有什麼打算呢

【意志】

（1）卒業したら、日本に行くつもりです。
そつぎょう　　にほん　い
畢業後，我打算去日本。

（2）もう彼には会わないつもりです。
かれ　あ
我不想再和他見面了。

（3）夏休みはどうするつもりですか。
なつやす
你打算怎麼度過暑假呢？

練習

I [a,b] の中から正しいものを選んで、○をつけなさい。
なか　　ただ　　　　えら

① 旅行に行くので、もっと大きいかばんが　（a. ほしくない　　b. ほしい）　です。
りょこう　い　　　　　　　　　　おお

② 私は日本語の先生に　（a. なって　　b. なり）　たいです。
わたし　にほんご　せんせい

③ 夏休みは北海道を1周する　（a. つもり　　b. たい）　です。
なつやす　　ほっかいどう　　いっしゅう

④ 韓国の音楽が聞き　（a. ほしい　　b. たい）　です。
かんこく　おんがく　き

II 下の文を正しい文に並べ替えなさい。＿＿＿＿に数字を書きなさい。
した　ぶん　ただ　　ぶん　なら　か　　　　　　　　　すうじ　か

① 私は犬がほしいです　＿＿＿、＿＿＿　＿＿＿　＿＿＿　ありません。
わたし　いぬ

　　1. が　　2. ほしく　　3. は　　4. ねこ

② 日曜日は　＿＿＿　＿＿＿　＿＿＿　＿＿＿　です。
にちようび

　　1. しない　　2. つもり　　3. を　　4. テニス

文法一點通

　　「がほしい」表示說話人想要得到某事物，相似的用法還有「をください」，用在有禮貌地跟某人要求某樣東西時，兩個文法前面都接名詞。此外，「たい」表希望（行為），用在說話人內心希望自己能實現某個行為時。雖然「てほしい」也表希望，但要用在希望別人達成某事時，而不是自己想去實踐。

41 比較と程度の表現
／比較及程度的表現

◆ は～より ／…比…

→ 接続方法：{名詞} ＋は＋ {名詞} ＋より

【比較】

(1) 今年は去年より暖かいです。
今年比去年來得暖和。

(2) 車は電車より便利です。
自駕比搭電車來得方便。

(3) 北海道は九州より大きいです。
北海道的面積比九州大。

◆ より～ほう ／…比…、比起…，更…

→ 接続方法：{名詞；形容詞・動詞普通形} ＋より（も、は）＋ {名詞の；形容詞・動詞普通形；形容動詞詞幹な} ＋ほう

【比較】

(1) 私より兄のほうが足が速いです。
哥哥的腳程比我快。

(2) 夏より冬のほうが好きです。
比起夏天，我更喜歡冬天。

(3) 私はベッドよりも布団のほうがいいです。
比起床鋪，我比較喜歡被褥。

單字及補充

| 年 年（也用於計算年數） | 去年 去年 | 一昨年 前年 | 来年 明年 | 再来年 後年 | 便利
方便，便利 | ベッド【bed】床，床鋪 | 余り（後接否定）不太…，不怎麼…；過分，非常 | 広い
（面積，空間）廣大，寬廣；（幅度）寬闊；（範圍）廣泛 | 狭い 狭窄，狭小，狭隘 | 分かる 知道，
明白；懂得，理解

◆ あまり～ない ／ 1. 不太… ; 2. 完全不…

→ 接續方法：あまり（あんまり）＋ ｛形容詞・形容動・動詞否定形｝ ＋～ない

【程度】

（1）このコートはあまり暖かくないです。
這件外套穿起來不怎麼暖和。

（2）弟の部屋はあんまり広くありません。
弟弟的房間並不寬敞。

（3）勉強しましたが、全然わかりません。
雖然讀了書，還是一點也不懂。

練習

I [a,b] の中から正しいものを選んで、○をつけなさい。

① この店のラーメンはあんまり （a. 美味しく　　b. 美味しくなかった） です。

② パーティーですから、ズボンよりスカートの （a. もっと　　b. ほう） がいいでしょう。

③ 妹は私 （a. より　　b. ほど） 力が弱いです。

④ 仕事は好きですが、勉強はあまり （a. 好きくありませんでした　　b. 好きじゃありません） 。

II 下の文を正しい文に並べ替えなさい。_____ に数字を書きなさい。

① 会社へ行くなら、_____ _____ _____ _____ が速いですよ。
　　1. ほう　　2. より　　3. 電車の　　4. バス

② 姉 _____ _____ _____ _____ が上手です。
　　1. より　　2. ピアノ　　3. は　　4. 私

文法一點通

　　「あまり」口語常說成「あんまり」。在表示程度時，許多人經常會把它跟「とても（非常）」搞混了。其實只要記住「とても」後面接肯定，「あまり」後面接否定就簡單了！

　　另外，在表示頻率時，頻繁程度由大到小是「すこし（一點點）＞あまり（幾乎不）＞ぜんぜん（完全不）」。「ぜんぜん」後面大多接否定，但現在也可以接肯定，這時就有「とても（非常、真的、完全）」的意思了。例如：「ぜんぜん大丈夫（完全沒問題）」。

42 原因の表現
／原因的表現

◆ [理由] ＋で ／因為…

→ 接続方法：｛名詞｝ ＋で

【理由】

(1) 台風で車が飛びました。
たいふう　くるま　と
颱風吹飛了車輛。

(2) 風邪で学校を休みました。
か　ぜ　がっこう　やす
由於感冒而向學校請假了。

(3) 彼女は仕事と家事で忙しいです。
かのじょ　しごと　か　じ　いそが
她奔波於工作和家庭之間，忙得不可開交。

◆ から ／因為…

→ 接続方法：｛形容詞・動詞普通形｝ ＋から；｛名詞；形容動詞詞幹｝ ＋
だから

【原因】

(1) 歌が下手だから、歌いたくないです。
うた　へ　た　うた
因為歌聲很難聽，所以不想唱。

(2) ひらがなだから、読めるでしょう。
よ
這是用平假名寫的，所以應該讀得懂吧？

(3) 忙しいから、新聞は読みません。
いそが　しんぶん　よ
因為太忙了，所以沒看報紙。

單字及補充

┃台風 颱風　┃飛ぶ 飛，飛行，飛翔　┃吹く（風）刮，吹；（緊縮嘴唇）吹氣　┃歌う 唱歌；歌頌
たいふう　　と　　　　　　　　　　　　ふ　　　　　　　　　　　　　　　　うた
┃平仮名 平假名　┃片仮名 片假名　┃読む 閱讀，看；唸，朗讀　┃習う 學習；練習　┃新聞 報紙
ひらがな　　　　かたかな　　　　よ　　　　　　　　　　　　　なら　　　　　　しんぶん
┃ニュース【news】新聞，消息　┃帰る 回來，回家；歸去；歸還　┃返す 還，歸還，退還；送回
　　　　　　　　　　　　　　かえ　　　　　　　　　　　　　　かえ
（原處）

◆ ので　／因為…

→ 接續方法：{形容詞・動詞普通形} ＋ので；{名詞；形容動詞詞幹} ＋ なので

【原因】

(1) もう遅いので、帰りましょう。
時間也很晚了，回家吧！

(2) 明日は仕事なので、行けません。
因為明天還要工作，所以沒辦法去。

(3) この本は大切なので、返してください。
這本書很重要，所以請還給我。

練習

Ⅰ [a,b] の中から正しいものを選んで、○をつけなさい。

① 雪（a. で　b. から）電車が止まっています。

② このカメラは便利（a. なので　b. ので）、買いました。

③ 車の音（a. に　b. で）寝られません。

④ 日本は近い（a. から　b. だから）、よく旅行に行きます。

Ⅱ 下の文を正しい文に並べ替えなさい。＿＿＿＿に数字を書きなさい。

① 子ども ＿＿＿ ＿＿＿ ＿＿＿ ＿＿＿、今日は会社を休みました。

　　1. ので　2. 病気　3. になった　4. が

② ＿＿＿ ＿＿＿ ＿＿＿ ＿＿＿、帽子と手袋をしました。

　　1. は　2. 寒い　3. 今日　4. から

文法一點通

「から」跟「ので」兩個文法都表示原因、理由。「から」傾向於用在說話人出於個人主觀理由；「ので」傾向於用在客觀自然的因果關係。單就文法來說，「から」、「ので」經常能交替使用。

43 時間の表現（1）
／時間的表現（1）

◆ とき ／ 1. …的時候、時候、時

【同時】

（1）私は 2 3 歳のとき、仕事を始めました。
わたし　にじゅうさん さい　　　　しごと　はじ
我在 23 歲時開始工作。

【時間點－之後】

（1）アメリカへ行ったとき、いつもハンバーガーを食べます。
い
去美國時，我總是吃漢堡。
た

【時間點－之前】

（1）国に帰るとき、いつもこのバスに乗ります。
くに　かえ　　　　　　　　　　　　　　の
要動身回國時，我總是坐巴士。

◆ 動詞たあとで、動詞たあと ／ 1. …以後…

→ 接續方法：｛動詞た形｝ ＋あとで；｛動詞た形｝ ＋あと

【前後關係】

（1）勉強をした後で、テレビを見ます。
べんきょう　　　あと　　　　　　　　み
讀完書再看電視。

（2）宿題をした後で、音楽を聞きます。
しゅくだい　　　あと　　おんがく　き
寫完作業後，聽音樂。

（3）弟 は学校から帰った後、ずっと部屋で寝ています。
おとうと　がっこう　　かえ　あと　　　　　　へ や　ね
弟弟從學校回家以後，就一直在房裡睡覺。

單字及補充

│後（地點）後面；（時間）以後；（順序）之後；（將來的事）以後 │前（空間的）前，前面 │先 先，
あと　　　　　　　　　　　　　　　　　　　　　　　　　　　　　　まえ　　　　　　　　　　さき
早，頂端，尖端；前頭，最前端 │次 下次，下回，接下來；第二，其次 │音楽 音樂 │聞く 聽，
つぎ　　　　　　　　　　　　　　　　　おんがく　　　　き
聽到；聽從，答應；詢問 │レコード【record】唱片，黑膠唱片（圓盤形）│テープ【tape】錄音帶，
卡帶；膠布 │ラジカセ【（和）radio ＋ cassette 之略】收錄兩用收音機，錄放音機 │テープレコー
ダー【tape recorder】磁帶錄音機 │ギター【guitar】吉他 │シャワー【shower】淋浴 │浴びる
あ
淋，浴，澆；照，曬 │石鹸 香皂，肥皂 │ご飯 米飯；飯食，餐 │朝ご飯 早餐，早飯
せっけん　　　　　　　　　　　はん　　　　　　　　あさ　はん

◆ 名詞＋の＋あとで、名詞＋の＋あと ／1. 先…後；2. …之後、…以後

→接續方法：{名詞}＋の＋あとで；{名詞}＋の＋あと

【前後關係】

（1）スポーツの後で、シャワーを浴びます。
運動完後沖個澡。

（2）今日はご飯の後でお風呂に入ります。
今天要先吃飯再洗澡。

【順序】

（1）仕事の後、飲みに行きませんか。
下班後要不要一起喝一杯？

練習

Ⅰ [a,b] の中から正しいものを選んで、○をつけなさい。

① 運動した　（a. あとで　　b. まえに）　、牛乳を飲みます。

② 小さい　（a. とき　　b. のとき）　、兄とよく喧嘩しました。

③ 寂しい　（a. ごろ　　b. とき）　、友達に電話します。

④ （a. パーティーな　　b. パーティーの）　あとで、写真を撮りました。

Ⅱ 下の文を正しい文に並べ替えなさい。＿＿＿＿ に数字を書きなさい。

① ＿＿＿ ＿＿＿ ＿＿＿ ＿＿＿、楽しくなりました。

　　1. あと　　2. 聞いた　　3. を　　4. 音楽

② ＿＿＿ ＿＿＿ ＿＿＿ ＿＿＿、カラオケで歌いませんか。

　　1. 映画　　2. あと　　3. この　　4. の

文法一點通

　　兩個文法都可以表示動作的先後，但「たあとで」表前後關係，前面是動詞た形，單純強調時間的先後關係；「てから」表動作順序，前面則是動詞て形，而且前後兩個動作的關連性比較強。另外，要表示某動作的起點時，只能用「てから」。

44 時間の表現（2）
／時間的表現（2）

◆ 名詞＋の＋まえに ／…前、…的前面

→ 接續方法：{名詞} ＋の＋まえに

【前後關係】

(1)「テレビの前に宿題をしなさい。」「いやだよ。」
「看電視前先寫功課！」「我才不要！」

(2) 朝ご飯の前にシャワーを浴びます。
吃早餐前先淋浴。

(3) この薬は食事の前に飲みます。
這種藥請於餐前服用。

◆ 動詞まえに ／…之前，先…

→ 接續方法：{動詞辭書形} ＋まえに

【前後關係】

(1) 映画が始まる前に、トイレに行きます。
電影開演前，我先去上廁所。

(2) コーヒーを飲む前に、砂糖を入れます。
喝咖啡之前，我會先加糖。

(3) 父が帰る前に寝てしまいました。
還沒等到爸爸回來就先睡著了。

單字及補充

┃コーヒー【（荷）koffie】咖啡 ┃薬 藥，藥品 ┃砂糖 砂糖 ┃寝る 睡覺，就寢；躺下，臥
┃起きる（倒著的東西）起來，立起來，坐起來；起床 ┃階段 樓梯，階梯，台階 ┃階（樓房的）…樓，層 ┃切符 票，車票 ┃使う 使用；雇傭；花費 ┃無くす 丟失；消除 ┃乗る 騎乘，坐；登上
┃下りる・降りる「下りる」（從高處）下來，降落；（霜雪等）落下；「降りる」（從車，船等）下來
┃毎日 每天，每日，天天 ┃忙しい 忙，忙碌 ┃暇 時間，功夫；空閒時間，暇餘

◆ 動詞てから　／1. 先做…，然後再做…；2. 從…

→ 接續方法：｛動詞て形｝＋から

【動作順序】

（1）階段を下りてから、右に曲がってください。
下了階梯後，請向右轉。

（2）切符を買ってから乗ってください。
請先買票再搭乘。

【起點】

（1）先生になってから、毎日忙しいです。
當上教師後，每天都奔波勞碌。

練習

I [a,b] の中から正しいものを選んで、○をつけなさい。

① 結婚　（a. まえに　　b. のまえに）、料理を習います。

② （a. 結婚して　　b. 結婚した）から、ずっとアパートに住んでいます。

③ 漫画を（a. 見る　　b. 見）まえに、宿題をしました。

④ 授業（a. までに　　b. のまえに）先生の部屋へ来てください。

II 下の文を正しい文に並べ替えなさい。＿＿＿に数字を書きなさい。

① ＿＿＿　＿＿＿　＿＿＿　＿＿＿、この紙に名前を書いてください。

　　1. を　　2. 借りる　　3. まえに　　4. 本

② ＿＿＿　＿＿＿　＿＿＿　＿＿＿、ビールを飲みます。

　　1. に　　2. お風呂　　3. から　　4. 入って

文法一點通

　　「まえに」表前後關係，表示動作、行為的先後順序，也就是做前項動作之前，先做後項的動作；「てから」表動作順序，結合兩個句子，也表示表示動作、行為的先後順序，強調先做前項的動作或前項事態成立，再進行後句的動作。

45 変化と時間変化の表現（1） Track 45
／變化及時間變化的表現（1）

◆ 形容詞く＋なります ／1. 變⋯；2. 變得⋯

→ 接續方法：｛形容詞詞幹｝＋く＋なります

【變化】────────────────────────────

    （1）暗くなったので、帰りましょう。
           天色暗了，我們回去吧。

    （2）春になって、暖かくなりました。
           入春之後，天氣變得暖和起來了。

    （3）塩を入れて、おいしくなりました。
           加鹽之後就變好吃了。

◆ 形容動詞に＋なります ／變成⋯

→ 接續方法：｛形容動詞詞幹｝＋に＋なります

【變化】────────────────────────────

    （1）よく食べたから、元気になりました。
           因為吃得很飽，所以恢復了活力。

    （2）息子さんは立派になりましたね。
           您兒子長成了一個優秀的人呢。

    （3）彼女は結婚して、きれいになりました。
           她結婚後，變漂亮了。

單字及補充

┃塩 鹽，食鹽 ┃美味しい 美味的，可口的，好吃的 ┃不味い 不好吃，難吃 ┃食べる 吃 ┃立派 了不起，出色，優秀；漂亮，美觀 ┃結婚 結婚 ┃午後 下午，午後，後半天 ┃アパート【apartment house 之略】公寓 ┃店 店，商店，店鋪，攤子 ┃建物 建築物，房屋 ┃玄関（建築物的）正門，前門，玄關 ┃鍵 鑰匙；鎖頭；關鍵 ┃エレベーター【elevator】電梯，升降機

◆ 名詞に＋なります ／ 1. 變成… ; 2. 成為…

→ 接續方法：{名詞} ＋に＋なります

【變化】

（1）フランスの人と友達になりました。
我和法國人成為朋友了。

（2）今日は午後から雨になります。
今天將自午後開始下雨。

（3）ここはアパートでしたが、今はきれいな店になりました。
這裡原本是間公寓，現在成了一間別緻的店鋪。

練習

I [a,b] の中から正しいものを選んで、○をつけなさい。

① ３日から （a. 寒いに　　 b. 寒く） なりますよ。

② 駅前はお店ができて、 （a. 賑やかに　　 b. 賑やか） なりました。

③ あなたは日本語が （a. 上手に　　 b. 上手） なりましたね。

④ 明日の午前中はいい天気に （a. なります　　 b. します） よ。

II 下の文を正しい文に並べ替えなさい。_____ に数字を書きなさい。

① 夏 _____ _____ _____ _____ なります。

　　1. から　　 2. が　　 3. 高く　　 4. ビール

② あなたは _____ _____ _____ _____ なりましたね。

　　1. が　　 2. 日本語　　 3. に　　 4. 上手

文法一點通

　　「形容動詞に＋なります」表示變化，表示狀態的自然轉變；「名詞に＋なります」也表示變化，但是表示事物的自然轉變。經常被拿來比較的還有「します」。雖也表示變化，但「なります」的焦點是，事態本身產生的自然變化，但「します」的焦點在於，事態是有人為意圖性所造成的變化。

46 変化と時間変化の表現（２）
／變化及時間變化的表現（２）

◆ 形容詞く＋します　／使變成…

→ 接續方法：{形容詞詞幹}＋く＋します

【變化】

（1）暗い部屋を明るくします。
くら　へや　あか
讓昏暗的室內變得明亮。

（2）暖房をつけて、店の中を暖かくします。
だんぼう　みせ　なか　あたた
打開暖氣，讓店裡暖和起來。

（3）コーヒーはまだですか。速くしてください。
はや
咖還沒沖好嗎？請快一點！

◆ 形容動詞に＋します　／1. 使變成…、讓它變成…

→ 接續方法：{形容動詞詞幹}＋に＋します

【變化】

（1）歯をよく磨いて、丈夫にします。
は　みが　じょうぶ
勤刷牙，維護牙齒健康。

（2）部屋を掃除して、きれいにします。
へや　そうじ
把房間打掃得一乾二淨。

【命令】

（1）体を大切にしてください。
からだ　たいせつ
請保重身體。

單字及補充

┃ストーブ【stove】火爐，暖爐　┃暖かい 溫暖的；溫和的　┃暗い（光線）暗，黑暗；（顏色）發暗，發黑
あたた
┃明るい 明亮；光明，明朗；鮮豔　┃速い（速度等）快速　┃遅い（速度上）慢，緩慢；（時間上）遲的，
あか　はや　おそ
晚到的；趕不上　┃ゆっくり 慢，不著急　┃すぐ 馬上，立刻；（距離）很近　┃段々 漸漸地　┃下さい
だんだん　くだ
（表請求對方作）請給（我）；請…　┃歯 牙齒　┃磨く 刷洗，擦亮；研磨，琢磨　┃体 身體；體格，身材
は　みが　からだ
┃大切 重要，要緊；心愛，珍惜　┃キロ【（法）kilo gramme 之略】千克，公斤　┃グラム【（法）gramme】
たいせつ
公克　┃キロ【（法）kilo mètre 之略】一千公尺，一公里　┃メートル【（法）mètre】公尺，米

◆ 名詞に＋します ／1. 讓…變成…、使其成為…；2. 請使其成為…

→ 接續方法：{名詞} ＋に＋します

【變化】

（1）リンゴを、ジュースにします。

把蘋果打成果汁。

（2）部屋が二つあって、姉と私の部屋にします。

有兩個房間，分別作為我和姐姐的房間。

【請求】

（1）荷物は 20 キロ以下にしてください。

行李的重量請控制在 20 公斤以內。

練習

I [a,b] の中から正しいものを選んで、○をつけなさい。

① このお札を 100 円玉に　（a. して　　b. なって）　ください。

② もう夜なので、　（a. 静かな　　b. 静かに）　してください。

③ テレビの音を　（a. 大きく　　b. 大きい）　します。

④ 森の木を切って、公園に　（a. なります　　b. します）　。

II 下の文を正しい文に並べ替えなさい。＿＿＿＿ に数字を書きなさい。

① テストの問題を　＿＿＿ ＿＿＿ ＿＿＿ ＿＿＿。

1. 簡単に　　2. もう　　3. します　　4. 少し

② 荷物が重いですね。＿＿＿ ＿＿＿ ＿＿＿ ＿＿＿。

1. しましょう　　2. でも　　3. 軽く　　4. 少し

文法一點通

「形容詞く＋します」表變化，表示人為的、有意圖性的使事物產生變化。形容詞後面接「します」，要把詞尾的「い」變成「く」；「形容動詞に＋します」也表變化，表示人為的、有意圖性的使事物產生變化。形容動詞後面接「します」，要把詞尾的「だ」變成「に」。

47 変化と時間変化の表現（３）Track 47
／變化及時間變化的表現（３）

◆ もう＋［肯定］ ／已經…了

→ 接続方法：もう＋ ｛動詞た形；形容動詞詞幹だ｝

【完了】────────────────────────

(1) 昨日の仕事はもうできました。
きのう　　しごと
昨天的工作已經完成了。

(2) 丁さんはもう帰りました。
ティ　　　　　　かえ
丁小姐已經回去了。

(3) ご飯はもう食べましたか。
はん　　　た
吃過飯了嗎？

(4) ご飯はもうけっこうです。
はん
飯我就不用了。

◆ もう＋［否定］ ／已經不…了

→ 接続方法：もう＋ ｛否定表達方式｝

【否定的狀態】────────────────────────

(1) 彼には、もう会いたくないです。
かれ　　　　　　あ
我再也不想見到他了！

(2) 桜子はもう子どもじゃありません。
さくらこ　　　　こ
櫻子已經不是小孩子了！

單字及補充

│もう 已經；馬上就要 │結構 很好，出色；可以，足夠；（表示否定）不要；相當 │コート【coat】
けっこう
外套，大衣；（西裝的）上衣 │背広（男子穿的）西裝（的上衣） │シャツ【shirt】襯衫 │ワイシャツ
せびろ
【white shirt 之略】襯衫 │ポケット【pocket】口袋，衣袋 │服 衣服 │上着 上衣；外衣 │洋服
ふく　　　　うわぎ　　　　　ようふく
西服，西裝 │スカート【skirt】裙子 │お腹 肚子；腸胃
なか

（3）春だ。もうコートはいらないね。
春天囉。已經不需要外套了。

（4）お腹がいっぱいですから、ケーキはもういりません。
肚子已經吃得很撐了，再也吃不下蛋糕了。

練習

I [a,b] の中から正しいものを選んで、〇をつけなさい。

① 風邪は　（a. も　　b. もう）　大丈夫です。

② （a. もう　　b. まだ）　時間ですね。始めましょう。

③ 銀行に　（a. もう　　b. もの）　お金がありません。

④ 飲みすぎるから、飲み物はもう　（a. いります　　b. いりません）　。

⑤ （a. あと　　b. もう）　5時ですね。帰りましょう。

II 下の文を正しい文に並べ替えなさい。＿＿＿＿に数字を書きなさい。

① ＿＿＿＿　＿＿＿＿　＿＿＿＿　＿＿＿＿　好きじゃありません。

　　1. もう　　2. の　　3. あなた　　4. ことは

② この　＿＿＿＿　＿＿＿＿　＿＿＿＿　＿＿＿＿　ないです。

　　1. 仕事　　2. やりたく　　3. もう　　4. は

③ ＿＿＿＿　＿＿＿＿　＿＿＿＿　＿＿＿＿　ですよ。

　　1. は　　2. 大人　　3. 君　　4. もう

文法一點通

　　「もう＋否定」讀降調，表示否定的狀態，也就是不能繼續某種狀態或動作了；「もう＋肯定」讀降調，表完了，表示繼續的狀態，也就是某狀態已經出現、某動作已經完成了。

変化と時間変化の表現（4） Track 48

／變化及時間變化的表現（4）

◆ まだ＋［肯定］ ／ 1. 還…；2. 還有…、還在…

→ 接續方法：まだ＋｛肯定表達方式｝

【繼續】

(1) お風呂はまだ熱いです。
洗澡水還溫熱。

(2) 息子はまだ１歳です。
兒子才１歲而已。

【存在】

(1) 今まだ会社にいます。
現在還在公司。

(2) 猫はまだ公園にいます。
貓現在還在公園裡。

◆ まだ＋［否定］ ／還（沒有）…

→ 接續方法：まだ＋｛否定表達方式｝

【未完】

(1) 孫さんがまだ来ません。
孫先生還沒來。

單字及補充

| 風呂 浴缸，澡盆；洗澡；洗澡熱水 | お手洗い 廁所，洗手間，盥洗室 | 熱い（溫度）熱的，燙的
| 冷たい 冷，涼；冷淡，不熱情 | 今 現在，此刻（表最近的將來）馬上；剛才 | 会社 公司；商社
| 公園 公園 | よく 經常，常常 | 弾く 彈，彈奏，彈撥 | 未だ 還，尚；仍然；才，不過 | 上手
（某種技術等）擅長，高明，厲害 | 下手（技術等）不高明，不擅長，笨拙

(2) 熱はまだ下がりません。
發燒還沒退。

(3) 私はまだ大学生ではありません。
我還不是大學生。

(4) よく弾いていますが、まだ上手ではありません。
雖然常彈奏，但還不夠純熟。

練習

I [a,b] の中から正しいものを選んで、○をつけなさい。

① もう4月ですが、（a. まだ　　b. もう）寒いです。

② まだ彼女から電話が（a. ありません　　b. ありませんでした）。

③ 宿題は（a. まだ　　b. まず）やっていません。

④ 時間はまだたくさん（a. ありません　　b. あります）。

⑤ この言葉は（a. まだ　　b. しか）習っていません。

II 下の文を正しい文に並べ替えなさい。_____ に数字を書きなさい。

① 私は _____ _____ _____ _____ ことがありません。

　　1. 日本　　2. に　　3. まだ　　4. 行った

② _____ _____ _____ _____ で寝ている。

　　1. 姉　　2. 病気　　3. まだ　　4. は

③ 約束の時間を過ぎたのに、_____ _____ _____ _____ いません。

　　1. 来て　　2. 彼　　3. は　　4. まだ

文法一點通

　「まだ＋肯定」表示繼續的狀態，表示同樣的狀態，或動作還持續著；「もう＋否定」表示否定的狀態。後接否定的表達方式，表示某種狀態已經不能繼續了，或某動作已經沒有了。

49 断定、説明、推測の表現 Track 49
／斷定、說明、推測的表現

◆ でしょう ／1. 也許…、可能…；2. 大概…吧；3. …對吧

→ 接續方法：{名詞；形容動詞詞幹；形容詞・動詞普通形} ＋でしょう

【推測】

(1) 明日は晴れでしょう。
　　明天應該是晴天吧。

(2) 簡単だから、読むことはできるでしょう。
　　這很簡單，所以應該讀得懂吧？

【確認】

(1) ケーキを食べたのはあなたでしょう。
　　蛋糕是你吃掉的吧？

◆ のだ ／1.（因為）是…；2. …是…的

【説明】

(1) お腹が痛い。今朝の牛乳が古かったのだ。
　　肚子好痛！可能是今天早上喝的牛奶過期了。

(2)「遅かったですね。」「電車が遅れたんです。」
　　「你好慢啊！」「是電車誤點了。」

【主張】

(1) いろいろ考えましたが、この家でよかったんです。
　　經過深思熟慮，還是覺得這個家最好了。

單字及補充

| 痛い 疼痛；（因為遭受打擊而）痛苦，難過 　| 牛乳 牛奶 　| ああ（表驚訝等）啊，唉呀；（表肯定）哦；嗯
| あのう 那個，請問，喂；啊，嗯（招呼人時，說話躊躇或不能馬上說出下文時）　| ええ（用降調表示肯定）是
的，嗯；（用升調表示驚訝）哎呀，啊　| さあ（表示勸誘，催促）來；表躊躇，遲疑的聲音 | じゃ・じゃあ
那麼（就）| では 那麼，那麼說，要是那樣 | そう（回答）是，沒錯 | それでは 那麼，那就；如果那樣
的話 | はい（回答）有，到；（表示同意）是的 | しかし 然而，但是，可是 | そうして・そして 然後；而且；
於是；又 | それから 還有；其次，然後；（催促對方談話時）後來怎樣 | でも 可是，但是，不過；話雖如此

102

◆ じゃ ／1.是…；2.那麼、那

→ 接續方法：{名詞；形容動詞詞幹} ＋じゃ

【では→じゃ】

（1）私はおばさんじゃありません。お姉さんですよ。
我不是阿姨，是姊姊！

（2）この道、便利じゃないよ。
這條路走起來不是很方便。

【轉換話題】

（1）「みんな、もう終わりましたよ。」「じゃ、帰りましょう。」
「各位，已經結束囉！」「那麼，回家吧！」

練習

I [a,b] の中から正しいものを選んで、○をつけなさい。

① 昼は暑く　（a. なる　　b. なった）　でしょう。

② すてきな鞄ですね。どこで買った　（a. んですか　　b. なんですか）　。

③ 私が悪かった　（a. んです　　b. なんです）　。本当にすみませんでした。

④ あそこにいる人は、（a. たぶん　　b. どちら）　高橋さんでしょう。

II 下の文を正しい文に並べ替えなさい。＿＿＿＿に数字を書きなさい。

① どうして ＿＿＿＿ ＿＿＿＿ ＿＿＿＿ ＿＿＿＿ ですか。

　　1. 飲まない　　2. も　　3. ん　　4. 何

② 私は ＿＿＿＿ ＿＿＿＿ ＿＿＿＿ ＿＿＿＿。

　　1. 子ども　　2. ありません　　3. もう　　4. じゃ

文法一點通

　　「でしょう」一般用來表示說話人的推測或猜想，日文常用「たぶん～でしょう」這樣前後呼應的說法。另外再複習一下「です」，是以禮貌的語氣表示斷定、肯定或對狀態進行說明。

---

50 名称と存在の表現
／名稱及存在的表現

◆ という名詞　／1. 叫做…、叫…

→ 接続方法：{名詞} ＋という＋ {名詞}

【介紹名稱】

（1）あれは何という魚ですか。
那種魚叫什麼名字？

（2）あれは秋刀魚という魚です。
那種魚叫做秋刀魚。

（3）あなたのお姉さんは何という名前ですか。
請問令姐的大名是什麼呢？

◆ に～があります／います　／…有…

→ 接続方法：{名詞} ＋に＋ {名詞} ＋があります／います

【存在】

（1）駅前に銀行があります。
車站前有家銀行。

（2）テーブルの上に果物があります。
桌上有水果。

（3）中山さんの隣に王さんがいます。
中山先生的隔壁有位王小姐。

單字及補充

│ 何・何 什麼；任何 │ お姉さん 姊姊（「姉さん」的鄭重説法） │ お兄さん 哥哥（「兄さん」的鄭重説法） │ 銀行 銀行 │ テーブル【table】 桌子；餐桌，飯桌 │ 本棚 書架，書櫃，書櫥 │ 隣 鄰居，鄰家；隔壁，旁邊；鄰近，附近 │ 側・傍 旁邊，側邊；附近 │ 横 橫；寬；側面；旁邊 │ 角 角；（道路的）拐角，角落 │ 物 （有形）物品，東西；（無形的）事物

◆ は～にあります／います　／…在…

→ 接續方法：{名詞}＋は＋{名詞}＋にあります／います

【存在】

  （1）携帯電話は鞄の中にあります。
    けいたいでんわ　かばん　なか
    手機在背包裡。

  （2）今日は雨なので、私は家にいます。
    きょう　あめ　　　わたし　いえ
    今天下雨，所以我要待在家裡。

  （3）猫は部屋の外にいます。
    ねこ　へや　そと
    貓在房間外。

練習

I [a,b] の中から正しいものを選んで、○をつけなさい。

① あそこに猫が（a. あります　　b. います）。

② 今は「字引」（a. という　　b. と同じ）言葉はほとんど使いません。

③ 本棚の横に椅子が（a. あります　　b. います）。

④ 私の家は山の上に（a. あります　　b. おきます）。

II 下の文を正しい文に並べ替えなさい。＿＿＿に数字を書きなさい。

① エレベーター ＿＿＿ ＿＿＿ ＿＿＿ ＿＿＿ か。

  1. どこ　　2. あります　　3. に　　4. は

② 夏休みは ＿＿＿ ＿＿＿ ＿＿＿ ＿＿＿ 遊びに行きました。

  1. ところ　　2. 軽井沢　　3. に　　4. という

文法一點通

  常聽到「という」跟「っていう」的說法，「という」是「っていう」的禮貌說法，常見於文章或較客氣的對話中。「っていう」是口語用法，一般用在朋友或關係比較親密的熟人之間，請一起記住。另外，沒有「ていう」這種用法。

  再看看表示兩個存在的動詞「います・あります」，請注意「います」是用在有生命的物體上，無生命或不會動的植物要用「あります」喔！

第 1 回
Ⅰ ①b ②a ③b ④b ⑤b
Ⅱ ① 3241 ② 4312

第 2 回
Ⅰ ①b ②a ③b a ④b
Ⅱ ① 3214 ② 1324

第 3 回
Ⅰ ①a ②a ③b ④b
Ⅱ ① 2431 ② 3241

第 4 回
Ⅰ ①b ②b ③a ④a
Ⅱ ① 3214 ② 4132

第 5 回
Ⅰ ①a ②b ③b ④b
Ⅱ ① 1342 ② 2134

第 6 回
Ⅰ ①a ②a ③b ④a
Ⅱ ① 2134 ② 2143

第 7 回
Ⅰ ①a ②a ③b ④a
Ⅱ ① 3241 ② 2143

第 8 回
Ⅰ ①a ②a ③b ④b
Ⅱ ① 1432 ② 4132

第 9 回
Ⅰ ①a ②a ③b ④b ⑤b
Ⅱ ① 3421 ② 4213 ③ 4213

第 10 回
Ⅰ ①b ②a ③b ④a
Ⅱ ① 2143 ② 4213

第 11 回

Ⅰ ① b ② b ③ a ④ b

Ⅱ ① 3241 ② 4312

第 12 回

Ⅰ ① a ② a ③ b ④ b

Ⅱ ① 1432 ② 1324

第 13 回

Ⅰ ① b ② a ③ b ④ b

Ⅱ ① 3124 ② 2314

第 14 回

Ⅰ ① b ② a ③ b ④ a

Ⅱ ① 2143 ② 4312

第 15 回

Ⅰ ① b ② a ③ a ④ a

Ⅱ ① 3142 ② 1324

第 16 回

Ⅰ ① b ② b ③ b a ④ a a ⑤ a

Ⅱ ① 1432 ② 3241 ③ 1423

第 17 回

Ⅰ ① b ② b ③ a ④ a

Ⅱ ① 2143 ② 4123

第 18 回

Ⅰ ① a ② b ③ b ④ a ⑤ b

Ⅱ ① 2431 ② 3241

第 19 回

Ⅰ ① a ② b ③ b ④ a

Ⅱ ① 4132 ② 1432

第 20 回

Ⅰ ① b ② b ③ b ④ b ⑤ a

Ⅱ ① 4312 ② 1432

第 21 回

I ①a ②a ③b ④a

II ① 4132 ② 3124

第 22 回

I ①a ②a ③b ④b

II ① 2431 ② 2134

第 23 回

I ①b ②b ③a ④b

II ① 3124 ② 1423

第 24 回

I ①b ②a ③a ④b

II ① 1432 ② 3241

第 25 回

I ①a ②b ③a ④b ⑤b

II ① 3124 ② 4132

第 26 回

I ①b ②a ③b ④b ⑤a

II ① 2431 ② 3142

第 27 回

I ①a ②a ③b ④a

II ① 2413 ② 1324

第 28 回

I ①b ②a ③b ④a

II ① 4213 ② 3124

第 29 回

I ①a ②b ③b ④b

II ① 3142 ② 1243

第 30 回

I ①b ②a ③b ④b

II ① 2143 ② 3412

第 31 回
I ① a ② b ③ a ④ b
II ① 3214 ② 2143

第 32 回
I ① a ② b ③ a ④ a
II ① 4132 ② 3241

第 33 回
I ① b ② b ③ a ④ a
II ① 3124 ② 2143

第 34 回
I ① a ② b ③ b ④ a
II ① 1432 ② 3421

第 35 回
I ① a ② b ③ b ④ a
II ① 2431 ② 3241

第 36 回
I ① b ② a ③ b ④ b ⑤ a
II ① 4231 ② 3241

第 37 回
I ① a ② a ③ b ④ b
II ① 4321 ② 3421

第 38 回
I ① b ② b ③ a ④ b
II ① 4231 ② 3241

第 39 回
I ① a ② b ③ b ④ a
II ① 2143 ② 2341

第 40 回
I ① b ② b ③ a ④ b
II ① 1432 ② 4312

第 41 回

Ⅰ ① b ② b ③ a ④ b

Ⅱ ① 4231 ② 3412

第 42 回

Ⅰ ① a ② a ③ b ④ a

Ⅱ ① 4231 ② 3124

第 43 回

Ⅰ ① a ② a ③ b ④ b

Ⅱ ① 4321 ② 3142

第 44 回

Ⅰ ① b ② a ③ a ④ b

Ⅱ ① 4123 ② 2143

第 45 回

Ⅰ ① b ② a ③ a ④ a

Ⅱ ① 1423 ② 2143

第 46 回

Ⅰ ① a ② b ③ a ④ b

Ⅱ ① 2413 ② 4231

第 47 回

Ⅰ ① b ② a ③ a ④ b ⑤ b

Ⅱ ① 3241 ② 1432 ③ 3142

第 48 回

Ⅰ ① a ② a ③ a ④ b ⑤ a

Ⅱ ① 3124 ② 1432 ③ 2341

第 49 回

Ⅰ ① a ② a ③ a ④ a

Ⅱ ① 4213 ② 3142

第 50 回

Ⅰ ① b ② a ③ a ④ a

Ⅱ ① 4132 ② 2413

索引

日檢滿點
06

絕對合格！
日檢文法機能分類
寶石題庫
N5

（16K+MP3）

| 發行人 | 林德勝 |

著者　　吉松由美、田中陽子、千田晴夫、大山和佳子、
　　　　山田社日檢題庫小組

譯者　　吳季倫、李易真

編者　　李易真

出版發行　山田社文化事業有限公司
　　　　　地址　臺北市大安區安和路一段112巷17號7樓
　　　　　電話　02-2755-7622　02-2755-7628
　　　　　傳真　02-2700-1887

郵政劃撥　19867160號　大原文化事業有限公司

總經銷　　聯合發行股份有限公司
　　　　　地址　新北市新店區寶橋路235巷6弄6號2樓
　　　　　電話　02-2917-8022
　　　　　傳真　02-2915-6275

印刷　　　上鎰數位科技印刷有限公司

法律顧問　林長振法律事務所　林長振律師

定價+MP3　新台幣269元

初版　　　2021年 10 月

ISBN :978-986-246-638-4
© 2021, Shan Tian She Culture Co. , Ltd.